2021 2022

신춘문예 당선시집

2021 2022

신춘문예 당선시집

시 : 윤혜지 이근석 남수우 변혜지 한준석
강우근 차원선 신이인

시조 : 이윤훈 정상미 황바울

시 : 백가경 채윤희 김보나 이선락
이신율리 고선경 오산하

시조 : 배종도 박샘

시인, 그 열망의 길 위에서

만해 한용운 시인은 『님의 침묵』에 이런 말을 남겼습니다. "나는 해 저문 벌판에서 돌아가는 길을 잃고 헤매는 어린 양이 기루어서 이 시를 쓴다."(「군말」) 시대도 다르고 상황도 많이 변했지만, 우리 시대의 시인들도 이와 같은 마음으로 시를 쓰고 있다고 믿습니다.

여기 스무 분의 새로운 시인들이 있습니다. 시인이 되고자 시인을 열망하며 긴 밤을 지샌 시인들이 『2021·2022 신춘문예 당선시집』에 있습니다. 이분들은 시단에 새로운 활력을 불어넣을 시인들이지만, 모두들 변치 않는 시인의 소명을 철저히 자각하며 우리의 마음을 빛나게 합니다.

시인은 낮고 낮아서 더는 낮을 수 없는 곳에서 자신의 영혼을 불태워 여린 온기 한 자락을 피워 올리는 사람이라고 합니다. 여러분께서 그들의 작품과 행로에 큰 관심과 사랑을 보내주시기를 소망합니다. 시인을 꿈꾸는 이들에게는 더없이 귀중한 공부가, 독자들에게는 따뜻한 마음의 휴식처가 되리라 생각합니다.

'신춘문예 당선'의 영예를 얻은 스무 분의 시인들이 앞으로도 계속 시의 길 위에서 사고와 사색의 지평을 넓혀 가기를 기원합니다.

2023. 7.

〈문학마을 인문도서〉 기획위원회

2021 2022 신춘문예 당선시집 차례

시조 | 2021

시 | **2022**

시조 | 2022

2021
신춘문예
당선시집

시

■ **경향신문** | 시

노이즈 캔슬링

윤혜지

1984년 강릉 출생
서강대학교 국어국문학과·신문방송학과 졸업
2021년 『경향신문 신춘문예』 시 부문 당선

parrhe@naver.com

노이즈 캔슬링

우리는 한껏 미세해진 우리를 내려다보며 기내식을 먹었다 책을 뒤적거렸다 구식(舊式) 동물에 대한 흥미로운 글을 읽었다 그것은 동물들이 있다,로 시작된다

유기인지 실종인지 자연발생인지 모르겠지만 어디선가 구식의 동물들이 발견되었고

그들은 제각기 살고 있다

매일 똑같은 구절을 읽어줘도 너는 언제나 놀라워한다

연하게 와서 끊임없이 훼손되는 마음으로

침목(枕木)을 고른 적이 있다 비를 맞고 볕을 쪼이길 반복한 나무토막들 위로 뜨거운 기차가 규칙적인 소리를 내며 달렸다 모든 것이 멈추면 아웃렛에 가서 새 셔츠를 사고 카페에 앉아 아주 뜨겁고 단맛이 나는 차를 마셔야지 하다가 자신이 데려올 아이가 있다는 사실을 영영 잊어버린 사례도 있었다 이것이 소음으로 소음을 지워내는 방식입니다

설명을 들으며 우리는 각자 잊어버린 것을 접어올리고 등받이를 세우고 얌전히 차례를 기다렸다

　가팔라지는 날개

　여러 개의 의자에 앉아야만 생각나는 것이 있다

　이국의 빛과 온도
　잎사귀와 해변의 선량한 사람들

　규칙적인 것은 예상 가능해서 지울 수 있다 다만 어떤 통화 소리
　바빠, 계속 바빠서 그래 배회하듯 하는 사과
　그것은 틈입이다

　나 좀 안아줘, 같은 말은 꼭 돌아누우면서 하는

　어떤 나쁨은 너무 구체적이어서

꼭 대낮 같다

물결이 물결로
공들여 썩는 냄새를 맡았다

그것을 생각할 때
깨끗한 공기 속으로 무언가 빠르게 나아가는 소리가 들
렸고

눈앞에서 파도가 천천히 무너지고 있었다
저마다의 계단처럼

내 안팎 드나들며 지치지 않고 오래도록

글을 쓰면 종종 "시적이다"라는 말을 들었다. 시적이라는 게 뭔지 궁금해서 아예 시를 써봤는데 생각보다 잘 맞았다. 마음속에서 덜컥거리는 것, 어두운 것들을 꺼내 썼다. 흐릿하게 써도 되니까. 모호하게 써놓고 시라고 이름 붙이면 되는 줄 알던 때도 있었다.

가던 길의 방향을 틀어 글을 쓰기 시작하면서 좋은 사람들을 많이 만났다. 친구들과 '상처를 드러내지 않는 글쓰기' 스터디원들에게 감사하다. '지금-여기의 시 쓰기' 친구들이 곁을 내어주지 않았다면 단 한 줄도 쓸 수 없었을 것이다.

가족에게도 고맙다. 동생들과 아빠, 그리고 엄마. 나는 자주 엄마의 이야기를 떠올린다. 만삭의 몸으로 백일장에서 가을 강을 바라보며 글을 쓴 이야기. 상으로 받은 세계문학 전집을 들고 퇴근한 남편과 집으로 돌아가는 길이 얼마나 즐거웠는지 듣고 있으면 그 어린 부부와 내가 함께 있었다는 사실이 이상하다가, 이내 참을 수 없을 만큼 좋아진다. 그러니까 이 상은 사랑하는 당신과 내가 함께 받는

두 번째 상이다.

　삶은 계속 모호하겠지만, 정확한 시를 쓰고 싶다. 또 다른 시를 꿈꿀 기회를 주신 심사위원분들께 감사드린다. 이제 내 안팎을 유연하게 드나들면서 지치지 않고 오래오래, 내 곁에 있어준 사람들과 닮은 글을 쓰고 싶다.

　마지막으로 허술하고 이상한 나를 견뎌준 동윤에게 많이, 깊이 사랑한다고 말하고 싶다.

가능하면 오래, 더 가까이서
듣고 싶은 목소리

시가 고백의 장르라면 당연히 그 내용보다 방법이 중요할 것이다. 아무리 전언이 분명하고 어조가 강렬해도, 나와 당신 사이 징검돌을 하나하나 밟아오지 않는다면 금방 무용해지는 게 고백이니까. 이제 바위처럼 던져져 이 세계의 진의를 되묻는 식의 '낯익은 새로움'보다도, 무심하게 놓인 돌의 모양과 간격 속에서 우리는 각자의 존재를 확인한다. 물론 징검다리 이편과 저편에 있는 '나와 당신'을 '세계와 언어' 또는 '삶과 시'로 바꾸어도 크게 달라질 것은 없다.

최종까지 함께 읽은 시는 그렇게 서로를 건네주는 것들이었다. 여한솔의 시가 시간을 견디는 슬픔을 연구실 불빛으로 켜놓는 저력을 보여줄 때도, 박다래의 시가 낯익은 순간의 낯섦을 비닐하우스의 물방울로 달아놓을 때도 그랬다. 전윤호가 사물과 세계를 빈틈없이 연결하고 정보영이 존재의 물질성을 생의 실감으로 드러낼 때, 우리는 이 시대의 고립을 단순히 고독의 심연을 헤매는 일로 소진하지 않고 세계의 이면을 파헤치는 힘으로 돌려놓는 데 놀라워했다.

윤혜지의 '노이즈 캔슬링'에는 기차 소리로 달려가는 지상의 시간이 있고, 비행기를 타고 날아가는 공중의 시간이 있다. 날아가는 동안, 우리는 자신들이 어디에 속해 있는지 실감하지 못한다. 그러나 이 시는 부유와 진공이 꼭 공중에만 있는 것은 아니라고 말한다. 물결처럼 규칙적으로 이어지던 관계가 대낮의 파도처럼 무너질 때, 일상의 비애를 지워내는 것 또한 일상이고 그것이 진짜 비극일지도 모른다고 말한다. 동의하지 않을 이유가 없지 않은가. 하지만 흔한 구식(舊式)의 삶을 일깨우는 것이 유일한 미덕이었다면 이 시를 내려놓고 각자의 비애 속으로 돌아가면 그만이었을 것이다. 마지막까지 우리를 붙든 것은 그 말의 의미가 아니라 그것을 실어나르는 목소리였다. 숨기지도, 대놓고 드러내지도 않으며 이어짐과 멈춤의 무심한 굴절을 만들어내는 매혹 앞에서 우리는 가까스로 구식(舊式) 동물에서 벗어날 수 있었다고 하면 어떨까. 가능하면 오래, 그리고 더 가까이서 이 목소리를 듣고 싶었다.

심사위원_시인 김행숙·신용목·김현

■ 동아일보 | 시

여름의 돌

이근석

1994년 충남 논산 벌곡 출생
2012년 고등검정고시 합격
2015년 윤동주대학문학상 수상
2021년 『동아일보 신춘문예』 시 부문 당선

peolgok@naver.com

여름의 돌

　　나는 토끼처럼 웅크리고 앉아 형의 작은 입을 바라보았다. 그 입에선 미래가 흘러나오고 있었다. 형한테선 지난 여름 바닷가 냄새가 나, 이름을 모르는 물고기들 몇 마리 그 입속에 살고 있을 것만 같다. 무너지는 파도를 보러 가자, 타러 가자, 말하는

　　형은 여기 있는 사람이 아닌 것 같다.

　　미래를 이야기했다. 미래가 아직 닿아있지 않다는 사실이 형을 들뜨게 했다. 미래는 돌 속에 있어, 우리가 아직 살아보지 못한 이야기가 번져있어, 우리가 이 돌을 미래로 가져가자, 그때

　　우리는 서로를 바라본다.

　　그동안 우리는 몇 번 죽은 것 같아. 여름, 여름 계속 쌓아올린 돌 속으로 우리가 자꾸만 죽었던 것 같아. 여기가 우리가 가장 멀리까지 온 미래였는데 보지 못하고 보이지 못하고 우리가 가져온 돌 속으론 지금 눈이 내리는데

내리는 눈 이야기를 하기 시작한다. 내리는 눈 속으로
계속 내리는 눈 이야기. 어디로 가는지 모르고 우리가 우리
들 속으로 파묻혀가는 이야기들을

우리가 했다.

전화벨이 울렸다, 계속
전화벨이 울리고 있다

시인이라는 이름에 대한 책임을 지고 싶다

각자의 시가 있다는 말이 좋았다. 기미였다 두드러질 때 좋았다. 환경이 변하고 이런저런 사건의 여파가 시를 바꾸어가는 과정을 지켜보는 것도 좋았다. 이전의 시와 다음 시의 거리를 확인하는 것도 좋았다. 그대로 그 시가 있고 어느 날 돌아볼 때 이렇게도 보이고 또 저렇게도 보이는 게 좋았다. 자신의 목소리에 귀 기울이는 침착 하고 치열한 사람들이 좋았다. 나는 그들과 그들의 시에 자주 의지해왔다.

살아가면서 쓰지 않는 삶을 배워야 했다. 읽지 않는 삶도 덤으로. 그런 건 배움과 삶이 한 몸이어서 그저 산다는 생각만 들었다. 그것도 시를 쓰는 과정이라고 혹자는 말하였지만 그건 그냥 시가 없는 세상이던데. 그럴 땐 시 쓰는 당위에 대해 생각하면 그저 이런 생각만 들었다. '세상엔 이미 훌륭한 시인들이 많이 있고 나는 좋은 시를 쓸 재능도 자신도 없다.'

나이가 차갔다. 구직하려 하였으나 어느 사업체에서도 연락 오지 않았다. 나한테는 가망이 보이지 않았다. 이것들은 구직요망의 시일는지 모른다. 내가 아니라 내 정황이

썼기 때문이다. 그러므로 시에 관한 나의 자질은 참혹했던 현실이지 내 개인의 것이 아니다.

그리고 언제나 현실을 함께 살아준 나의 사람들이 있었다. 받게 된 것에 따라올 이유와 책임이 있다면 전자는 그들의 까닭으로, 후자는 내가 지었으면 한다. 모두가 아프지 않았으면 한다. 슬프지 않았으면 한다. 잘 지내었으면 한다. 예심 본심에서 심사해주신 분들의 노고에도 감사를 드린다.

자연스러운 리듬감으로 가감없이 표현해

예심을 거쳐 11명의 작품이 최종 논의의 대상이 되었다. 원고들을 검토하며 우선 드는 생각은 다양성이 아쉽다는 것이었다. 질적으로 고른 수준을 유지하는 작품들이지만 단정한 묘사와 소소한 토로가 주를 이루었다. 예년에 비해 표준형에 수렴되는 경향이 강해졌다는 것은 모험과 담론이 활성화되지 않는 시단의 풍경을 보여주는 듯해 슬쩍 먼저 미안해지기도 했다. 최종 검토 대상이 된 3명의 작품을 추리는 동안 심사위원들은 언어 운용 전략의 부재, 리듬감 없는 수다, 절제의 부족, 사소함에 매몰되는 현상 등을 결격 사유로 열거할 수 있었다.

「구조」외 5편은 시적 묘사의 특이성이 무엇인지를 여실히 보여준다. 사태를 목전에 놓고 주도면밀하게 살피는 힘을 보여주는 작품들이다. 한 대목 한 대목 인상적인 묘사들이 눈에 띄었다. 그런데 묘사가 구조를 이루는 데 도달하지는 못했다. 근사하게 그려보이는 능력은 사태를 전체적으로 헤아리는 사유 없이는 왕왕 심부름꾼의 성실함에 그치기 마련이다.

「수변」외 5편은 우선 문장 단위에서 매력을 발하는 작품들이다. 문장의 힘과 이미지의 리듬이 조화를 이루고 있어 마지막까지 검토의 대상이 되었다. 산문투의 진술에 대한 아쉬움, 절제가 더 필요하지 않겠느냐는 의견이 조금 더 기다려봄직하다는 의견과 부합하여 다음을 기약하게 되었다.

「여름의 돌」외 5편이 당선작인 이유는 무엇보다도 자연스러운 리듬감 때문이다. 과장이나 과잉 없이 말하고자 하는 바를 자연스러운 리듬에 실어 말할 수 있는 것은 범상해 보이나 드문 기량이다. 일종의 빼어난 '예사로움'에 달한 기량이라고 해도 좋을 것이다. 「여름의 돌」은 청년의 불안과 기대를 수일한 이미지와 자연스러운 리듬을 통해 순조롭게 표현하고 있어 당선에 값한다. 과감함이 숙제라면 숙제일 것인데 안정 없는 기획보다 신뢰할 만한 시적 진술이 올해의 선택이 된 것은 당선자에게 영광이자 도전이 될 것이다. 축하의 악수를 건넨다.

심사위원_ 문정희 시인·조강석 문학평론가

■ 문화일보 | 시

아무도 등장하지 않는
이 거울이 마음에 든다

남수우

1991년 출생.
2021년 『문화일보 신춘문예』를 통해 작품활동을 시작했다.

veiled.tree@gmail.com

아무도 등장하지 않는
이 거울이 마음에 든다

한 사람에게 가장 먼 곳은
자신의 뒷모습이었네

그는 그 먼 곳을 안으러 간다고 했다

절뚝이며 그가 사라진 거울 속에서 내가 방을 돌보는
동안
거실의 소란이 문틈을 흔든다

본드로 붙여둔 유리잔 손잡이처럼
들킬까 봐
자꾸만 귀가 자랐다
문밖이 가둔 이불 속에서
나는 한쪽 다리로 풍경을 옮기는 사람을 본다

이곳이 아니길
이곳이 아닌 나머지이길
중얼거릴수록 그가 흐릿해졌다

이마를 기억한 손이 거울 끝까지 굴러가 있었다

거실의 빛이 문틈을 가를 때 그는 이 방을 겨눌 것이다
번쩍이는 총구를 지구 끝까지 늘리며
제 뒤통수를 겨냥한다 해도 누구의 탓은 아니지

거울에 남은 손자국을 따라 짚으며
나는 고개를 끄덕였다

그가 내게 뒷모습을 안겨주던 날 모서리가 처음 삼킨 태
양을 생각했다
흉터를 간직한 햇살이
따갑게 몸 안을 맴돌고 있을 거라고

뒷모습뿐인 액자를 돌려세운다

거울 속에는
하얀 입김으로 떠오른 민낯들이 너무 많았다

당신을 위한 '품' 하나
온전히 그려볼 수 있길

아주 오래전 누군가 나를 위해 죽었다는 소문이 있었다. 그리고 나는 그것을 믿었다. 그 불가능을 속삭였던 입술은 이제 영원한 뒷모습으로 내게 남아 있다. 내게 주어진 이야기. 이 믿음으로 사람 하나 불러 세우지 못하지만, 한편으론 이 믿음으로 가능한 생활이 있다면, 그것이 전부라는 생각도 든다. 누군가의 죽음이 나와 무관하지 않으므로. 여전히 그 뒷모습이 누구의 것인지 모른다. 그것은 퇴근길 전철에서 졸고 있는 흐린 눈이었다가, 국밥집에서 보았던 알찬 팔뚝이었다가, 같은 우산 아래 설핏 닿은 손등이었다가, 빈 유모차를 밀고 가는 둥근 이마였다. 어쩌면 내가 아닌 모든 것일지도. 나의 생활이 되도록 그 누군가를 향한 애도이기를 바랐지만, 부끄럽게도 충분한 적이 하루도 없었음을 고백한다.

그런데도 기다렸다. 기다림 없이 기다렸다. 언젠가 내가 당신을 위한 품 하나를 온전히 그려볼 수 있기를. 매일 저녁 꼬박꼬박 수원지의 둘레를 달리듯, 불안한 내가 완전한 원을 결코 그릴 수 없을지라도 말이다. 이제 더 이상 문학에 구원이 있을 거라고 생각하지 않지만, 삶에 대한 어떤 자세를 나는 문학에서 길어 보았다. 그리고 다시 이야기가 있었다. 돌 하나를 쥐고 네가 오고 있다고 들었다. 미리 마중 나와 기다려주신 심사위원 선생님들께 감사드린다.

한 시절을 묶어 두고 사람들을 떠나 있었다. 그동안 외면했던 문제들을 정면으로 마주하고 싶었다. 용서와 화해로 생활을 돌보던 나날을 지나, 지금 어딘가에서 나를 기억하고 있을 누군가에게 가장 먼저 건강과 안부를 묻고 싶다. 문학을 통해 만난 선생님과 친구들에게. 함께 무수히 산에 올랐던 꽃가루 산악회 친구들에게. 전당포 필름의 태민이 형과 캔버스 앞의 빈이 형에게. 늘 멀리 떠나 있던 나를 향해 손 흔들어 준 동생 수안이와 부모님께, 여러 계절을 지나 곁이었다. 그리고 내가 아껴 발음하는 단 하나의 소리에게, 감사와 애정을 접어 부친다. 문득 너무 먼 곳에 있는 세 사람의 얼굴이 떠오른다. 보이지 않아도 곁에 있다고 적어 보았다.

틈에 대한 예민한 감각과 사유…
좋은 시인으로 살 것이란 믿음 들어

올해부터는 예심과 본심을 통합하게 돼 심사하는 데 오래 걸리긴 했지만, 전체적인 수준이나 경향을 파악하면서 좋은 작품을 선별해갈 수 있었다. 725명의 투고작 3625편을 읽는다는 것은 신종 코로나바이러스 감염증(코로나19)으로 어려운 시절을 통과하고 있는 이 시대의 풍경과 사람들의 내면을 읽어내는 일이기도 해서 더 각별하게 느껴졌다. 예년보다 무겁고 우울한 분위기가 강해졌고 상상력도 다소 위축된 것처럼 보였지만 경제적 어려움과 심리적 고립, 관계의 단절 등을 뚫고 희미한 빛을 찾아 나가려는 고투가 시편마다 절실하게 담겨 있었다.

팬데믹(세계적 대유행) 시대에 시는 어떤 역할을 할 수 있을까. 이 질문을 품고 수많은 기록과 증언, 고백과 발언, 노래와 기원들을 공감하며 읽었다. 심사자들이 마지막까지 주목한 작품은 '가드닝' '흰 토르소와 천사들의 나날' '인공호수' '에그조프쉬시즘' '서른셋, 생일이 아직 또렷한' '아무도 등장하지 않는 이 거울이 마음에 든다' 등이었다. 이 여섯 분의 작품은 고른 수준을 유지하고 있고 남다른 개성을 지니고 있어서 무엇을 당선작으로 해도 좋을 만큼 우열을 가리기 힘들었다. '가드닝'은 간결하고 리드미컬한 언어로 의미의 여운을 증폭시키는 시적 재능과 섬세하고 투명한 감각이 매력적이었다. 그런데 이 식물적 언어의 세계는 다소 수동적이고 부서지기 쉬운 느낌이 들기도 했다. '흰 토르소와 천사들의 나날'은 현실의 남루함을 환상으로 감싸며 따뜻하고 환하게 만드는 힘을 지녔다. 인상적인 문장이 많지만 세부에 들이는 공력에 비해 전체적 구조나 결말이 약하다는 점이 아쉬웠다. '인공호수'는 군더더기 없는 언어로 의미를 구축해나가는 솜씨가 노련하고 관찰력과 집중력이 뛰어난 작품이다. 그런데 사진을 찍듯이 묘사 위주로 전개하다 보니 다소 평면적인 느낌을 주기도 한다. '에그조프쉬시즘'은 원룸에서 일어난 고독사와 애완견을 중심으로 사회적 비극이 어떻게 봉합되는지를 강렬하게 보여준다. 다른 작품들에서도 도시와 문명에 대한 비판적 시각이 드러나고 있는데, 작품 간의 편차가 크다는 아쉬움이 들었다. '서른셋, 생일이 아직 또렷한'은 운문성과 산문성을 적절히 조율하며 긴장을 유지하고 있지만, 묘사와 진술의 연결이 좀 더 자연스럽고 뒷심이 있으면 좋겠다.

당선작으로 뽑은 '아무도 등장하지 않는 이 거울이 마음에 든다'는 뒷모습과 거울을 둘러싼 사유의 변주가 거울의 안과 밖, 문의 안과 밖, 지구와 태양 등으로 확장되며 몇 겹의 비유적 공간을 만들어낸다. 산문적 언어로 쉽게 환원되지 않는 이 모호함은 "본드로 붙여둔 유리잔 손잡이"처럼 미세한 균열의 기억과 무수한 틈을 내장하고 있다. 이 '틈'에 대한 예민한 감각과 사유가 그를 좋은 시인으로 살게 하리라는 믿음이 들었다. 당선을 축하드리고, 앞으로도 "자신의 뒷모습" "그 먼 곳을 안으러" 매 순간 떠나는 시인이 되길 바란다.

심사위원_ 시인 나희덕, 박형준, 문태준

언더독

변혜지

1991년 서울 출생
동국대 문예창작과 졸업
동 대학원 국어국문학과 석사 수료
2021년 『세계일보 신춘문예』 시 부문 당선

isiry@naver.com

언더독

이 세계를 네가 구했어.

나를 사랑하는 이들이 나의 얼굴을 어루만지며 중얼거린다. 폐허가 된 도시에 둘러싸여서, 꿈속의 나는 아름다웠다. 나의 아름다움이 나의 의지와 무관하였다.

눈을 빼앗길 만한 장면이어서 나는 이 세계와 어울리는 음악을 마련하였다.

화관(花棺) 속에 두 손을 가슴에 모은 내가 누워있었고, 살아남은 모든 이들의 행렬로 거리가 잠시 가득 찼다.

나는 어떻게 이 세계를 구했나. 나의 궁금증이 이 세계와 무관하였다.

연인이 내게 입을 맞추며 엄숙하게 사랑을 맹세하였고,

잠들었던 관객이 영화의 결말을 보며 고개를 끄덕이듯이, 나는 영문 모를 격정에 휩싸였다.

그 자리에 있어야 하는 건 네가 아니야. 내가 꿈속의 나를 향해 소리치자

나를 사랑하는 이들이 일제히 나를 노려보았다.

나는 행렬 속으로 뛰어들었다. 나의 격정이 나와 무관하였고, 화관에 누운 내가 나를 보며 웃고 있었다.

비로소 이 꿈의 구성방식을 알 것 같았고,

나는 이 세계에 두고 나가야 할 것에 대해 생각해야 했다.

"기나긴 시간을 버틸 수 있었던 건…
응원·채찍·사랑"

빗장뼈 안쪽에 양을 기르는 친구가 있었다. 그 이야기가 아름다워서 나는 언덕을 갖고 싶었다. 언덕 위에 양을 풀어 놓으면 양은 언덕 너머로 넘어가 보이지 않았다.

때로는 시를 써서 미워하는 사람들에게 보여주었다. 너를 생각하면서 썼다고 말해주었다. 누군가 그 사람들을 몰고 언덕 너머로 떠나갔다. 돌아오지 않았다.

미워할 사람들이 없어서 나의 미운 구석들을 들여다보았다. 내가 주인공인 시들을 자꾸자꾸 보여주었다. 아무도 나를 데리고 떠나지 않았다. 종종 언덕 너머에서 메에-메에- 하는 울음소리가 들려왔다. 나도 너희들을 사랑해. 매번 같은 대답을 했다.

이 서툰 발걸음을 응원해주신 세계일보와 심사위원 선생님들께 감사드린다.

정말 긴 시간 동안, 마음 놓고 비빌 수 있는 언덕이 되어주신 박형준 선생님, 오랜 시간 지켜봐 주시고, 격려해주신 김춘식 선생님께 진심으로 감사드린다.

고집 센 학생을 놓지 않고, 응원과 채찍을 아끼지 않으시던 이원 선생님, 박판식 선생님께 감사드린다. 나의 십대를 아름다운 것으로 만들어주신 어딘, 정우영 선생님께 감사드린다.

당선 소식을 듣고 내 대신 잠을 설친 엄마에게 사랑을 전한다.

사랑하는 사람들이 너무 많아 열거할 수가 없다. 같이 쓰고 같이 떠들고 같이 고함치던 모든 친구들에게 감사와 사랑을 전한다.

"작품마다 상처 치유코자 대변…
과장되지 않은 비유·상징어 눈길"

저마다 고립된 외딴섬처럼 단절과 멈춤이 뼈저렸고, 과연 우리가 우리를 위기에서 구할 수 있을까, 물음만으로도 버겁고 지난했던 시기. 예심을 거친 스물다섯 분의 시편들이 공통적으로 시절의 무력감에 대응하며 상처와 아픔을 치유코자 대변하고 있었으니, 왜 문학이 우리에게 커다란 위안을 안기며 시대의 가늠자 역할을 자임하는지 여실히 실감케 했다.

최종 논의로 하연, 김성백, 홍진영, 변혜지, 한준석 씨의 작품을 주목했다.

하연의 작품은 익숙한 표현과 소재들이란 점이 아쉬웠다. 김성백의 경우 팬데믹 시대를 겪고 있는 젊은 세대의 고민을 엿보는 것 같아 가슴이 뭉클했지만 감정과 표현이 곰삭을 시간이 필요하리라 여겨졌다. 홍진영에게서는 시어와 이미지를 다룰 줄 아는 기본적인 능력을 발견할 수 있었지만 몇 개의 서툰 문장들이 심사자의 눈을 불안하게 만들었다. 장래를 위해서 올해의 보류가 본인들에게 더 큰 득

이 되지 않을까 싶었다. 긴 시간 변혜지의 '언더독'과 한준석의 '돌고래 기르기'를 놓고 토론을 벌였으나 아쉽지만 당선에 준하는 가작 2편을 뽑기로 합의했다.

변혜지의 '언더독'은 남다른 사유의 깊이로 눈길을 끌기에 충분했다. 과장되지 않은 비유를 제대로 다룰 줄 알았고, 절제된 수사의 미덕을 동시에 확보하고 있어 모자람을 찾기 어려웠다. 막힌 혈로를 뚫듯 날카롭고 예민하되 부드러움과 유연함을 아우르는 너끈한 묘사력을 겸비했으니, 이만한 사유의 세계라면 우리 시단을 풍요롭게 메우고도 남으리란 믿음에 선작(選作)으로 민다. 언제까지 무거운 짐을 걸치고 거침없이 나아갈지 모두가 기대를 걸고서 지켜보리라.

한준석의 '돌고래 기르기'는 '돌고래'라는 상징어를 넣어 이미지가 보일 듯 말 듯 그려내는 솜씨가 일품이다. "미소는 돌고래를 기르기에 좋습니다"의 표현이 말하듯 시가 기본적으로 비유의 장르임을 여실히 보여준다. 돌고래가 무엇을 상징하는지 불분명하지만 시 내용으로 보아 사랑,

꿈, 슬픔, 기쁨까지 다 아우르게 한다. 돌고래 자리에 이 단어들을 집어넣고 읽어보면 금세 느껴질 것이다.

두 분을 축하하며 최종심에 오른 분들도 조만간 지면에서 만날 수 있으리라 확신하며 위로의 말씀을 얹는다.

심사위원_ 김영남·이학성

돌고래 기르기

한준석

1990년 출생
서울예대 문예창작과 졸업
고려대학교 대학원 비교문학비교문화과정 재학
2021년 『세계일보 신춘문예』 시 부문 당선

hansigo90@naver.com

돌고래 기르기

미소는 돌고래로 기르기 좋습니다
돌고래의 주파수를 라디오로 들어요
나는 무심하게 시작되어집니다
축축하게 연필심이 밤새 헐었습니다
돌고래는 미소에 좋습니다

나는 웅크리기 좋은 무게로 태어났어요
돌고래의 고도는 새떼의 무게 같아요
새들이 흩어지는 사이로 연필 소리가 들립니다
나뭇가지 사이로 새어 나가는 새를
잃어버렸다 말할 수 있을까요
나무에 없는 새들을 세어보는 일은
열 손가락으로 모자라고
두 팔로는 충분한 일입니다

돌고래를 기르기에는 남해에 사는 당신이 좋습니다
눈 내리는 남해로 가는 버스 창밖
길러 본 적도 없는데
둥글게 헤엄치는 돌고래를 바라봅니다

나는 당신의 웃음을 빌려 가벼워지고 싶습니다

일기예보에 오늘 아침은 잔기침을 주의하라고 합니다

이 세상의 안정은 멀리 있습니까

나는 이런 예감들을 이해하고 싶지 않습니다

눈 감으면 버스의 흔들림만 남겨집니다

나는 돌고래가 아닙니다

나는 버스에서 내릴 줄 압니다

잘 가, 돌고래는 휘어지는 몸짓으로 수평선을 밀어내

고 있어

끝에서 끝이 부드럽게 멀어져야 좋은 미소

나는 돌고래로 기울어질 수 있습니다

돌고래는 미소를 기르기에 좋습니다 슬픔을 조심합니다

세계는 서로를 미끄럽게 기를 줄 알고

나는 입김에서 햇빛으로 조용하게 옮겨집니다

나는 한 종류의 돌고래가 됩니다

"바르셀로나에서 마음먹은 꿈 이뤄…
앞으로 더 정진할 것"

바르셀로나에서 처음 시인이 되고 싶다는 생각을 했습니다. 바르셀로나에서는 한국의 가을쯤 되는 때에 사람들이 반팔을 입고 돌아다닙니다. 시차를 생각하지도 않고 한국으로 연락을 걸었던 사람은 지금까지도 소설가의 마음을 지닌 채 의자에 기대 있습니다. 귀국 후 시를 쓰겠다고 홀연히 들어간 양평의 산골 집 옆에는, 기면증 걸린 수학 선생님이 있었습니다. 그분은 가끔씩 제 시를 보고서는 재미있다고 말해주었습니다. 늦은 나이에 학교에 입학해 허우적대던 나의 손가락에, 시차가 달랐던 그 형이 같은 학교를 다니며 연필을 쥐여줬습니다. 그렇게 올해까지 시를 썼습니다. 소감을 쓰고 있는 지금 제 옆에는 이름만 종이에 썼다 지워도 오랫동안 머무를 사람이 있습니다. 은별아, 너무 고맙다. 모두 감사합니다.

나의 애칭 꾸르끼, 바르셀로나의 지영 누나와 토미 형! 보고 싶어요. 제 은사님이신 권혁목 선생님, 중요한 순간마다 해주셨던 말씀이 저에게 큰 도움이 되었습니다. 정말 감사합니다. 너무 사랑하는 나의 친구들아, 너희 덕분에 내

많은 순간들이 아름다웠어! 지금까지 시를 쓸 수 있도록 도움 주신 선생님들, 앞으로도 헤매지 않고 정진하겠습니다. 사랑하는 우리 가족. 아버지, 어머니 그동안 고생 많으셨습니다. 누나, 매형 항상 응원해 줘서 감사해요. 마지막으로 저의 가능성을 너그럽게 높이 사주신 심사위원분들께 진심으로 감사드립니다. 앞으로 좋은 시를 쓰는 사람이 되겠습니다. 하나님, 감사합니다. 저는 시가 너무 좋습니다.

"작품마다 상처 치유코자 대변…
과장되지 않은 비유·상징어 눈길"

저마다 고립된 외딴섬처럼 단절과 멈춤이 뼈저렸고, 과연 우리가 우리를 위기에서 구할 수 있을까, 물음만으로도 버겁고 지난했던 시기. 예심을 거친 스물다섯 분의 시편들이 공통적으로 시절의 무력감에 대응하며 상처와 아픔을 치유코자 대변하고 있었으니, 왜 문학이 우리에게 커다란 위안을 안기며 시대의 가늠자 역할을 자임하는지 여실히 실감케 했다.

최종 논의로 하연, 김성백, 홍진영, 변혜지, 한준석 씨의 작품을 주목했다.

하연의 작품은 익숙한 표현과 소재들이란 점이 아쉬웠다. 김성백의 경우 팬데믹 시대를 겪고 있는 젊은 세대의 고민을 엿보는 것 같아 가슴이 뭉클했지만 감정과 표현이 곰삭을 시간이 필요하리라 여겨졌다. 홍진영에게서는 시어와 이미지를 다룰 줄 아는 기본적인 능력을 발견할 수 있었지만 몇 개의 서툰 문장들이 심사자의 눈을 불안하게 만들었다. 장래를 위해서 올해의 보류가 본인들에게 더 큰 득

이 되지 않을까 싶었다. 긴 시간 변혜지의 '언더독'과 한준석의 '돌고래 기르기'를 놓고 토론을 벌였으나 아쉽지만 당선에 준하는 가작 2편을 뽑기로 합의했다.

변혜지의 '언더독'은 남다른 사유의 깊이로 눈길을 끌기에 충분했다. 과장되지 않은 비유를 제대로 다룰 줄 알았고, 절제된 수사의 미덕을 동시에 확보하고 있어 모자람을 찾기 어려웠다. 막힌 혈로를 뚫듯 날카롭고 예민하되 부드러움과 유연함을 아우르는 너끈한 묘사력을 겸비했으니, 이만한 사유의 세계라면 우리 시단을 풍요롭게 메우고도 남으리란 믿음에 선작(選作)으로 민다. 언제까지 무거운 짐을 걸치고 거침없이 나아갈지 모두가 기대를 걸고서 지켜보리라.

한준석의 '돌고래 기르기'는 '돌고래'라는 상징어를 넣어 이미지가 보일 듯 말 듯 그려내는 솜씨가 일품이다. "미소는 돌고래를 기르기에 좋습니다"의 표현이 말하듯 시가 기본적으로 비유의 장르임을 여실히 보여준다. 돌고래가 무엇을 상징하는지 불분명하지만 시 내용으로 보아 사랑,

꿈, 슬픔, 기쁨까지 다 아우르게 한다. 돌고래 자리에 이 단어들을 집어넣고 읽어보면 금세 느껴질 것이다.

두 분을 축하하며 최종심에 오른 분들도 조만간 지면에서 만날 수 있으리라 확신하며 위로의 말씀을 얹는다.

심사위원_ 김영남, 이학성

단순하지 않은 마음

ⓒ김하민

강우근

1995년 강릉 출생
서울예대 문예창작학과 졸업
2021년 『조선일보 신춘문예』 시 부문 당선

whitespace13@naver.com

단순하지 않은 마음

별일 아니야, 라고 말해도 그건 보이지 않는 거리의 조약돌처럼 우리를 넘어뜨릴 수 있고

작은 감기야, 라고 말해도 창백한 얼굴은 일회용 마스크처럼 눈앞에서 쉽게 사라지지 않는다.

나는 어느 날 아침에 눈병에 걸렸고, 볼에 홍조를 띤 사람이 되었다가 대부분의 사람처럼 아무렇지 않게 살아가고 있다.

병은 이리저리 옮겨 다니면서 밥을 먹고, 버스를 타고, 집으로 걸어오는 우리처럼 살아가다가 죽고 만다.

말끔한 아침은 누군가의 소독된 병실처럼 오고 있다.

저녁 해가 기울 때 테이블과 의자를 내놓고 감자튀김을 먹는 사람들은 축구 경기를 보며 말한다. "정말 끝내주는 경기였어." 나는 주저앉은 채로 숨을 고르는 상대편을 생각한다. 아직 끝나지 않았다. 아직 끝나지 않아서

밤의 비행기는 푸른 바다에서 해수면 위로 몸을 뒤집는

돌고래처럼 우리에게 보인다.

매일 다른 색의 빛으로 물들어가는 하늘 아래에서 사람들은 끊임없이 모이고 흩어지고 있다.

버스에서 승객들은 함께 손잡이를 잡으면서 덜컹거리고, 승용차를 모는 운전자는 차창에 빗방울이 점점이 떨어지는 것을 보고, 편의점에서 검은 봉투를 쥔 손님들이 줄지어 나오지.

돌아보면 옆의 사람이 없는, 돌아보면 옆의 사람이 생겨나는. 어느새 나는 10년 후에 상상한 하늘 아래를 지나고 있었다.

쥐었다가 펴는 손에 빛은 끈질기게 달라붙어 있었다. 보고 있지 않아도 그랬다.

내가 지나온 모든 것이 아직 살아 있다는 믿음을 가지고 무사히 집으로 돌아가야만 했다.

詩는 우산이자 꽃이었고
세계에 맞서는 검이었다

희망이라는 단어가 있기에 희망을 품어보는 것처럼, 구름이라는 단어가 있기에 하늘을 올려다보는 것처럼. 제가 흰 종이 위에 써나간 것을 시라고 불러주는 사람들 덕분에 시를 쓰게 되었습니다. 돌이켜 보면 시는 어렸을 적에 집에서 혼자 끄적이던 낙서와 닮았습니다. 해가 질 때까지 그것이 무엇인지도 모르고 해온 낙서 같은 것. 어제와 오늘도 했고, 내일도 하게 될 것.

저는 그 시간을 세계의 일로 만들기 위해 시를 선택했는지 모릅니다. 시는 다른 것들과 만나면서 저를 넓은 세상으로 데려갔습니다. 시를 쓰면서 손에 쥐었던 연필은 비의 음악을 들을 수 있는 우산이 되고, 거름이 될지 알면서도 피어나는 꽃이 되고, 세계에 팽팽히 맞서는 검이 되었습니다. 매일 뜨는 햇빛처럼 시는 제가 살던 마을의 사람들을 새롭게 밝히고, 또 다른 마을로 모험을 떠나게 했습니다.

그 모험의 시작점에서 저의 소질을 알아봐 주셨던 명륜고 전희선 선생님 감사합니다. 서울예대에 진학하면서 문학이라는 모험을 마음껏 시도해볼 수 있었습니다. 그 과정에서 넘어지기도 하고, 헤매기도 했던 제게 시를 쓸 용기를 주고 조언을 아끼지 않으셨던 김언 교수님, 채호기 교수님, 김혜순 교수님 감사합니다. 문학의 즐거움을 알려주신 김태용 교수님, 정용준 교수님 감사합니다. 언제나 나의 시를 기쁜 마음으로 읽어주고, 얘기해 주던 규민이, 연덕이, 재영아 정말 고마워! 저에게 손을 건네주신 문태준, 정끝별 심사위원분에게 감사합니다. 좋은 시로 보답하겠습니다. 어린 시절 자연을 보여준 엄마와 아빠, 그 자연에서 신나게 뛰어놀던 누나 사랑해!

마스크, 소독된 병실…
코로나 시대 투영한 詩語 돋보여

시는 한 번도 가보지 않은 영토를 가려 한다. 한 편의 시는 매번 새로운 길을 가려 한다. 그 길에 앞장 설 신예에게 기대하는 것은 모험의 불꽃일 것이다. 본심 대상작인 열두 분의 작품들은 고르게, 시적 모험의 흔적과 높은 수준을 유지하고 있었다. 특히 전 지구적 재앙의 영향인지 고립된 현실에 대한 암중모색 속에서도 희망 혹은 미래에 대한 사유가 눈에 띄었다. '자두' '소문은 눈을 즐겁게 해요' '단순하지 않은 마음'을 놓고 오랜 숙고와 토론의 시간을 가졌다.

'자두'는 젊은이들의 일상과 세태를 감각적으로 포착하고 있다. 디테일한 감각에서 삶에 대한 애착과 부정이 동시에 느껴지며, 절제된 감정에서는 숨겨진 절망과 분노가 감지된다. 무엇보다 '자두'라는 물성에 대한 천착과 그 상징성은 이 시의 비유적 깊이를 더해준다. 그러나 이 디테일한 묘사가 때로 산문과의 경계를 묻게 했다. '소문은 눈을 즐겁게 해요'는 검은 봉지 속 고구마에서 싹튼 순을, 실체 없는 소문에서 돋은 뿔로 비유하고 있다. "아낌없이 썩은 고구마가 딸려 나왔"다는 통찰은 우리 사회의 왜곡된 소통 방식을 풍자한다. 모범 답안과도 같은 시적 완성이 오히려

낯익음으로 다가왔음을 밝혀둔다.

　최종적으로 '단순하지 않은 마음'을 당선작으로 선정했다. 일일(日日)의 단일하지 않은, 갈래와 가닥이 많은 사건들이 어떻게 내면에 영향을 끼치는지를 주목한 작품이다. 돌발적이고, 바뀌고 달라지며, 충돌하고 흩어지는 일상, 그것이 곧 우리 존재의 본모습이라는 것을 뚜렷하게 말한다. "마스크", "소독된 병실"과 같은 시어를 통해서는 코로나 대유행의 사회적 상황을 투영하고도 있다. 무엇보다 '마음'과 같은 관념어를 제목으로 내세우면서도 정공법으로 개진해가는 뚝심에서 앞으로 펼칠 시작(詩作)에 대한 두터운 신뢰를 갖게 했다. 한국 시단의 일신에 기여하기를 기대하며, 당선을 축하한다.

심사위원_ 시인 문태준, 정끝별

유실수

차원선

1993년 대전 출생. 본명 고보경
중앙대 작곡과 졸업
2021년 『한국경제신문 신춘문예』 시 부문 당선
솔직한 마음으로 쓰고 내보이며 시작 활동 중입니다

yilimsun@gmail.com

유실수

너의 눈 안에는 열매를 맺으려 하는 나무가 있다

너의 눈에 나무를 심은 사람이 저기 소각장에 앉아있다

자신의 옷을 다 태우고도 헐벗은 너를 보고 있다

멀뚱히 있는 너와 떨어진 잎을 한데 덮는다

앙상해지도록
베고 누웠다

잔향 더미로 만든 모래시계

마른 낙엽을 주워 구덩이로 몰아넣었다

왜 내 얘기를 듣고 있어요?
낯선 사람인가 봐 쓸쓸하다고 하면 데려갈 텐데

그대로 있어요

반딧불이 무리지어 올리는 온도

올라가는 건물

빈 곳은 비어있었던 적이 없고

마지막으로 옮긴 불씨 조각이 다 자란 나무의 잎에 옮겨 붙는다

오랫동안 그를 알았다

열매를 남긴 나무, 앨범에 적히고

눈 안에 마른 씨앗을 품던 자리가 바스러져 날아간다

몇은 땅으로 몇은 모를 곳으로

내가 머물렀던 자리 돌아봐…
주변에 귀 기울일 것

　12월의 당선 소식은 그동안 내가 머물렀던 자리들을 되돌아보게 했다. 처음으로 누군가에게 내가 시를 쓰고 있다는 사실을 고백했던 날이 있다. 그 사람에게 내 말이 어떻게 들렸는지 몰라도 나에게는 어디론가 숨어버리고 싶을 정도로 진심으로 떨리는 일이었다. 그 사람은 담담하게 내가 쓴 시를 읽어주었고 그때의 그 벅찬 순간이 나를 여기까지 이끌어줬다.

　어디에나 쓸쓸한 소식이 번지던 한 해가 지났다. 이겨내겠다는 말이 무색하게 시간은 흘러 새해가 밝았고 크게 변한 것은 없지만 그럼에도 1년을 더 보낸 내가 조금 더 성장했음을 느낀다. 무언가를 이기는 것보다 더 중요한 삶의 순간들에 주목하는 시를 써나가고 싶다. 나와 함께하는 시간들을 담아나갈 것이다.

　어려운 시기에 기회를 준 한국경제신문과 내 시에서 가능성을 봐준 심사위원들께 감사드린다. 같은 자리에서 말 없이 나를 헤아려준 친구들과 가족들에게도 감사드린다. 혼란스러운 날에 그들이 있어 말하고 싶은 것들을 변함없이 써내려 갈 수 있었다.

   나와 내게 주어진 것들을 믿는다. 견고한 나와 내 작품이 되기 위해 주변에 귀 기울이되 나를 잃지 않고 내가 할 수 있는 창작을 해나갈 것이다. 한 사람으로서 창작자의 몫은 모두에게 동일하다는 마음으로 해 볼 수 있다. 내게 곁을 내어준 신께도 감사드린다.

이미지가 눈에 생생…기교와 비약 참신

본심에서는 네 분의 시를 다뤘다. '전래동화' 외 네 편은 직설적인 언어로 기성세대와 맞서는 자세가 만만치 않았다. 다만 그것이 사회와 깊이 부대껴서 얻은 것은 아니어서 시야가 좁고 다소 막연해 보였다. '가장 내밀한 스펙트럼' 외 네 편은 흡입력과 호소력이 있었다.

그러나 다른 시에서 흐름을 끊는 직접 발화를 자주 사용하면서 자신의 장점을 잘 살리지 못했다. '어둠' 외 네 편은 과감한 생략과 거침없는 반복 등 난숙한 화법으로 이목을 끌었다.

다만 논리가 시를 압도하는 지점이 가끔 눈에 띄었고, 최근 시의 스타일에 자기도 모르는 사이에 침윤된 것은 아닌가 하는 혐의도 받았다. '유실수' 외 네 편은 각각의 시마다 이미지를 극적으로 쌓아가면서 심화시켜 가는 상상력이 돋보였다.

본 적 없는 기교와 비약이지만 우리는 이 상실에 맞닥뜨린 자의 눈에 비친 낯설고 속절없이 슬픈 풍경에서 눈을 뗄수 없었다. 결론적으로 '유실수' 외 네 편을 응모한 차원선씨를 당선자로 정했다.

게임의 흐름을 바꾸지 못하면 아류가 되기 쉽다. 우리는 차씨가 익숙한 새로움을 되풀이하기보다 낯선 전환점을 만드는 사람이 되길 바란다.

심사위원_ 시인 황인숙·손택수·장이지

작명소가 없는 마을의 밤에

신이인

1994년 서울 출생. 경희대 국어국문학과 졸업
2021년 『한국일보 신춘문예』 시 부문 당선
2003년 시집 『검은 머리 짐승 사전』 출간

seeneeneen@gmail.com

작명소가 없는 마을의 밤에

오리너구리를 아십니까?
오리너구리, 한 번도 본 적 없는

고아에게 아무렇게나 이름을 짓듯
강의 동쪽을 강동이라 부르고 누에 치던 방을 잠실이라
부르는 것처럼

나를 위하여 내가 하는 일은
밖과 안을 기우는 것, 몸을 실낱으로 풀어, 헤어지려는
세계를 엮어,
붙들고 있는 것

그러면 사람들은 나를 안팎이라고 부르고
어떻게 이름이 안팎일 수 있냐며 웃었는데요

손아귀에 쥔 것 그대로
보이는 대로

요괴는 그런 식으로 탄생하는 겁니다

부리가 있는데 날개가 없대

알을 낳지만 젖을 먹인대

반만 여자고 반은 남자래

강물 속에서도 밖에서도 쫓겨난 누군가

서울의 모든 불이 꺼질 때를 기다리는 중입니다

알고 계셨나요?

기슭에 떠내려오는 나방 유충을 주워 먹는 게 꽤 맛있

다는 거

잊을 수 없다

모두가 내 무릎에 올려두었던 수많은 오리너구리

오리가 아니고 너구리도 아니나

진짜도 될 수 없었던 봉제 인형들

안에도 밖에도 속하지 못한

실오라기

끊어낼 수 없는

주렁주렁

전구 없는 필라멘트들

불을 켜세요

외쳐보는 겁니다

아, 이상해.

"너무 곱씹어 단물이 다 빠져버린 미래…
빚을 다 갚은 기분입니다"

나는 툭하면 이상한 애가 됐다. 초등학생 땐 이름보다 외계인이라는 별명으로 자주 불렸다. 중학교 담임 교사는 나 같은 애랑 잘 지내 주는 반 애들에게 선생으로서 고맙다는 말을 했고. 고등학교에 올라가 자기소개를 하는데 누군가 이상해! 소리쳤다. 누구는 나한테 특이한 척하지 말라고 하고 누구는 내가 특이해서 좋다고 하고 누구는 남들처럼 지낼 수 없겠냐고 한숨을 쉬었다. 영문을 몰랐다.

어쨌든 나도 당신들처럼 살아 보이겠다고, 시 같은 거 다시는 안 쓴다고. 봐, 나 평범하게 잘 사는 사람이 될 수 있다고. 보여주고 싶었다. 아무래도 실패한 것 같지만.

나는 시인이 될 수 없었다. 세상에는 그런 사람이 하나씩 있다고 생각했다. 될 것 같은데, 정말 될 것 같은데. 아는 사람 중에 제일 될 것 같은데 영원히 될 것 같기만 한 사람. 나는 그게 나라고 믿었다. 그걸 받아들였었다.

너무 곱씹어 단물이 다 빠져버린 미래가 찾아왔다. 기쁘지도 눈물이 나지도 않았다. 글쓰기를 그만두고 돈을 벌면서부터 내 감정은 존재를 참는 방향으로 단련되어오고 있었다. 빚을 다 갚은 기분, 아니면 받아야 할 돈을 다 받은 기분. 조금 들떴고 홀가분했다.

한때 이 자리에 제일 먼저 적으려고 했던 이름을 생각하고 있다. 메모장에 줄줄이 저장해 놓고 누구 선생님, 선배님, 사랑하는 누구 친구, 한 명 한 명 부르려 했던 이름들이 많았다. 지금은 그중 하나도 기꺼이 부르기 어색하다. 그런 사이가 되어버린 것이다. 나는 그런 사람이 되어버린 것이다.

그래서 모두에게 전하겠다.

시인이 되었어요. 고맙습니다.

저의 젊은 날에 함께해주셔서 기뻤어요. 우리가 쓰고, 배우고, 마시고, 사랑한 시간을 잊지 않을 겁니다.

끝내 이 말을 전할 수 있게 저를 이쪽에 세워주신 김소연 선생님, 장석주 선생님, 서효인 선생님께 감사드려요.

그리고 한번 더 고맙습니다.

최고로 웃기고 올바른 사람인 서우주에게. 여전히 내 편인 김성은에게. 인생의 위로가 되어주는 이대휘에게.

정신여자고등학교의 편견 없던 선생님들에게. 여름이라고 불러달라는 멋쟁이들에게. 점례를 아는 친구들에게.

사랑하는 김미향, 신명균 씨에게. 내게 아직 남은 운이 있다면 모두 주고픈 신예지에게.

당신들이 있어서 난 좀 이상한 채로도 잘 살아 있다. 이
한국 사회에서.

나는 앞으로도 계속 이렇게 살 것이다.

"완벽한 관리자와 특별한 난동꾼,
그 모두를 해내는 시"

개성은 어디에서 오는가. 개성 없는 사람은 없다. 사람은 각자의 고유성을 얼마간은 지니고 있으며 생활과 사유 곳곳에서 그 고유함은 어쩔 수 없이 드러난다. 숨기려 해도 얼핏 내비치는 사투리처럼, 감추려 해도 별안간 나타나는 표정처럼. 시는 나도 모르게 드러나는 개성을 서랍장 곳곳에 잘 수납하고 연과 행에 맞춰 잘 구획하는 관리자일지도 모른다. 혹은 반대로 가끔 얼굴을 비추는 고유성을 극대화해 아무렇게나 던져 버리는 난동꾼일 수도 있다.

심사에서는 완벽한 관리자와 특별한 난동꾼 중 하나라도 그 자리에서 나오길 바라게 된다. 관리자이면서 난동꾼이 될 수 있는 시인이 등장하길 차마 바랄 수는 없다. 그런 일은 잘 없으니까. 그 어려운 일이 올해 한국일보 신춘문예에서 일어났다. '작명소가 없는 마을의 밤'은 정돈되면서 어질러진 시였다. 익숙한 지명을 동원하고 친숙한 어투로 말을 건네어 귀를 붙잡아 두면서도 "안에도 밖에도 속하지 못한/ 실오라기" 같은 긴장감을 불러일으킨다. 정리된 채 구성된 이미지 속에서도 곳곳에 돌출하는 의외성이 시 읽는 재미를 더해 주었다. 지금의 시만큼 앞으로의 시 또한 기대된다. 기대하는 자의 설렘을 담아, 축하의 마음을 전한다.

함께 마지막까지 이야기한 작품은 '새, 하고 열린 옷장', '언젠가 부하들은 반란의 내색을 비춘 적 있다', '한국어 감정' 등이다. '새, 하고 열린 옷장'은 사소한 장면을 일시정지 상태로 만들어 더 이상 사소하지 않게 하는 미덕이 있었다. '언젠가 부하들은⋯'은 유머러스하고 의의성 있는 진행이 돋보였다. '한국어 감정'은 언어와 언어가 부딪쳐 생기는 감각과 진폭을 그리는 주제 의식이 담백했다. 모두 당선되지 않을 이유보다 당선될 이유가 더 많았으나, 약간의 행운이 부족했던 것으로 오늘의 아쉬움을 갈음해주시길 부탁드린다.

당선자에게 다시 한번 축하의 말씀을 건넨다. 이것도 아니요, 저것도 아닌 세계 어딘가에서 역시나 어디에도 속하지 못한 것들을 껴안으며 써나가 주실 것이라 믿는다. 관리자가 될 것인가, 난동꾼이 될 것인가? 그런 생각할 겨를

없이 시는 당신을 끌고 어딘가로 갈 것이다. 그곳에서 만나면 좋겠다.

심사위원_ 시인 서효인·장석주·김소연

2021
신춘문예
당선시집

시조

■ 동아일보 | 시조

말들의 사막

이윤훈

1960년 경기도 평택 출생. 아주대 영어영문학과 졸업
하노이 KGS 국제학교 교사
2021년 『동아일보 신춘문예』 시조 부분 당선

majoohan@naver.com

말들의 사막

눈물이 사라진 곳 사막이 자라난다
풍화된 말에 덮여 잠귀 어두운 길
눈을 뜬 붉은 점자들 혓바닥에 돋는다

금모랫빛 말들이 줄을 이뤄 쌓인 언덕
전갈이 잠행하는 미끄러운 행간 속에
슬며시 꿈틀거리며 입을 벌린 구렁들

눈물샘 깊은 데서 오래 맑힌 말들
발걸음 자국마다 한 그루씩 심어놓아
파릇한 수직의 빛들 방사림을 이루고

신열 오른 말들이 아른대는 신기루 속
물 냄새 맡은 낮달 사막을 건너간다
어디서 선인장 피나 마른 입 속 뜨겁다

절제-자유의 조화 익히기까지…
이제 시작이다

여느 때처럼 걷는다. 일터에서 집까지 한 시간 남짓 길을 구부리고 구름다리에 올라 먼 곳을 끌어들이며 휜 골목으로 기어들어 베트남 사람들 틈에서 낯선 이방인으로 한자리를 차지하고 쌀국수를 먹는다. 오늘 같이 바람이 찬 날에는 이만한 것도 없다. 한적한 카페로 자리를 옮겨 여느 때처럼 아무 일 없었던 양 차를 마신다. 양손을 연꽃잎처럼 옹그려 따끈한 머그잔을 감싼다. (온혈동물은 온기로 자신과 타인의 존재를 확인한다. 이것이 내가 글을 쓰는 한 방식이기도 하다.)

갑자기 가슴에 파문이 인다. 정오의 당선소식이 해거름에 다시 물고기처럼 불쑥 뛰어오른 것이다. 스무 해 전 시조가 처음 내게 왔을 때 시가 그랬듯 그 일은 (솔개가 날고 물고기가 뛰어오르는) 내 삶의 불가해한 비약이었다. 새로운 도전이었다. 후로 지금까지 헛발을 딛기도 하고 돌부리에 걸려 넘어지며 먼 길을 왔다. 그러나 '법도를 떠나지 않으면서도 법도에 구속되지 않는' 절제와 자유의 조화를 익히기까지 아직 멀다. 이제 시작이다.

뭇 얼굴이 떠오른다. 늘 마음의 버팀목이 되어주신 엄경희, 정수자, 염창권, 박현덕, 김유, 윤하 선생님, 독자를 자청한 이유경 작가님, 이름을 일일이 열거할 수 없지만 종종 안부를 물어오는 동창과 시벗들, 먼 길 떠난 아버지와 어머니, 그리고 남은 가족들, 모두 소중하게 다가온다. 설된 작품을 선뜻 선해주신 심사위원님께 손 모아 예를 표한다. 새해에는 모두에게 좋은 소식을 알리는 서설이 내렸으면 좋겠다.

말의 세상…
실험적이면서 철학적 사유 거느려

신춘문예 심사는 보물찾기 같은 작업이다. 오래 정성 들여 보내온 작품을 읽는 기쁨은 이루 말 할 수 없다. 설레기까지 한다. 미래의 일꾼 아니, 바로 내일의 일꾼을 찾을 수 있기 때문이다. 그래서 더 신중하게 읽어갔다. 처음 눈에 든 작품들은 「'목련'이라는 새」「어떤 수사학」「을숙도에서」「꽃패」「말들의 사막」「정지에서」 등이었다. 함께 보내온 작품을 살피면서 작품 수준이 지나치게 고르지 못한 것, 외래어를 남발한 것, 소재나 주제가 이미 너무 익숙해진 것, 기성의 기법을 비판 없이 모방한 것, 긴장감이 없는 것 등을 중심으로 가린 끝에 마지막 2편이 남았다. 「'목련'이라는 새」와 「말들의 사막」이었다. 서정성이 잘 발효된 전통적 작품과 깊은 사유를 거느린 다소 실험적인 작품이었다.

어느 것을 뽑아도 손색이 없다고 느껴져서 오랜 시간 숙독하며 의견을 나누었다. 그 결과 올해의 영광은 이윤훈 시인의 「말들의 사막」에 얹어주기로 했다. 실험적이고 철학적 사유를 거느린 이런 작품 경향이 우리 시조발전에 더 기여할 수 있으리라는 생각에서였다. 말의 순기능과 역기능 혹은 말의 지시적 기능과 서정적 기능 속에서 보면 우리가 사는 세상은 말의 세상이다. 말이 주는 기쁨, 말이 주는 상처, 말이 주는 희망, 말이 주는 증오가 세상을 지배한다. 그러니까 일방적인 말, 진정성을 잃어버린 말, 서정이 결핍된 말은 세상을 사막이 되게 한다. 말에 대한 철학이 필요하고 말에 대한 각성이 필요한 이 시대, 그가 그린 상상력은 아름답고 가치 있을 뿐 아니라 현실에 대한 안티테제적 외침으로 유효하다고 보았다. 당선을 축하하며 대승을 빈다.

심사위원_ 이우걸·이근배 시조시인

■ 서울신문 | 시조

너라는 비밀번호

정상미

1963년 경북 문경 출생.
2021년 『서울신문 신춘문예』 시조 부문 당선.
서울문화재단 첫 책 발간지원 사업에 선정.
영남대 졸업, 방송대 국문과, 중문과 졸업.
「큐브」 동인

sm4423@daum.net

너라는 비밀번호

너를 열 땐 언제나 처음부터 진땀이 나
쳇바퀴 다람쥐처럼 단서들을 되짚는다
비밀은 물음표 앞에
굳게 닫혀 덧댄 빗장

하루에도 여러 번씩 바뀌는 네 취향은
여기저기 흩어놓은 서투름과 내통해도
자물쇠 가슴에 숨어
드러나지 않는다

네 날씨 풀어내려 구름 표정 살펴보다
숨겨둔 꽃대라도 찾아낼 수 있을까
불현듯 네가 열린다
꽃숭어리 활짝 핀다

열정과 진정성 잃지 않으며
날마다 시조 숲 걸어가겠다

늘 시가 있는 쪽으로 고개를 빼고 있다가 뒤늦게 시의 숲에 들었습니다. 가도 가도 끝없는 미지의 세계지만 걸리고 넘어지며 음미하는 피톤치드는 언제나 치유의 방으로 저를 안내했습니다. 숲에는 젖이 흐르고 숲에는 비린내가 날리고 저는 낮아져 들여다보다 어느새 숲이 됩니다. 그것이 늘 감사합니다.

지금 여기, 너와 나, 우리, 널려 있는 사물들과 사건들을 하나씩 건져 올려 따뜻한 시의 옷을 입히는 것, 어루만지고 때로는 고발하며 정형의 틀에 신선한 감각을 불어넣는 것, 깊은 눈으로 오래 바라보면 화답해 주겠지요. 지상의 모든 은유를 불러 모아 펄떡거리는 시조를 쓰겠습니다.

자유롭게 나아가다 꼭 발목을 붙잡는 음보며 율격들, 그것이 시조의 매력 덩어리 근육이란 걸 가다 보면 알게 되지요. 시조라고 하는 구역 안에서의 다양한 변주는 저를 황홀하게 합니다. 세상 어디에 내놓아도 좋을 미끈한 시조를 쓰고 싶습니다. 시대를 껴안고 열정과 진정성을 잃지 않으며 날마다 시조의 숲을 걸어가겠습니다. 오르락내리락 다정한 중독, 그 선물 같은 마법 속으로 기쁘게 빠져

들겠습니다.

시조단에 첫발을 내딛게 돼 가슴이 벅차옵니다. 두렵지만 씩씩하게 가겠습니다. 여기까지 올 수 있게 시조를 잘 가르쳐 주신 조경선 선생님과 늘 힘이 돼 준 '시란' 동인의 문우님들 감사합니다. 부족한 작품을 뽑아 주신 심사위원 선생님들과 서울신문 관계자님들 고맙습니다. 늘 응원하고 격려해 준 우리 가족, 사랑합니다.

현대인들의 불안한 심리 담백,
정갈한 언어로 그려

    자유시와 정형시(시조)를 장르 개념만으로 이해해서는 곤란하다. 시상을 형식에 얽매이지 않고 표현하려면 자유시로, 일정한 형식에 맞추고자 할 때는 시조의 틀을 빌려 소리를 빚어야 한다. 현대시조는 현대정신을 표현하면서도 전통적 율문의 개념을 결합한다. 시조와 자유시의 경계는 형식적인 차이만 다를 뿐, 현대인의 사상과 감정을 담아내는 압축된 그릇이라는 점에서는 동일하다. 이런 관점에서 최종심에 오른 시조들을 더 주의 깊게 읽었다.

    최종심에서 거론한 작품은 '피레네의 성', '너라는 비밀번호', '그루밍', '사그랑이의 말' 등이다. 고민을 거듭한 끝에 정상미씨의 '너라는 비밀번호'를 당선작으로 선정했다. 다양한 매체의 난립으로 웹페이지마다 다르게 설정한 비밀번호가 생각나지 않아 혼란에 빠진 현대인의 불안한 심리를 "쳇바퀴"를 돌리는 "다람쥐"에 비유하여 담백하고 정갈한 언어로 형상화했다. 여기에 그치지 않고, "하루에도 여러 번씩 바뀌는 네 취향"이나 "구름 표정 살펴보다/ 숨겨둔 꽃대라도 찾아낼 수 있을까"와 같은 시적 진술을 통해 개인의 정서를 사회적 정서에 자연스럽게 결부시키고 있는 점이 공감을 끌었다. 다만, 첫수 초장에서 유지되던 긴장감이 셋째 수 종장에서 돌연 쉽게 풀린 것은 숙제로 남았다. '패스워드 증후군'이라는 현상을 소재로, 비밀번호가 생각나지 않아 당황한 심리를, 다른 사람의 내면을 알고 싶어 하는 개인의 이야기에 연결한 지점이 참신했다.

다수의 시조에서 지나치게 형식에 얽매인 경우를 만난다. 시조를 쓰고 읽는 이들이 시조의 한계를 스스로 만들어 내고 있는 게 아닐까. 앞으로의 응모작들에서도 일정한 형식 안에서 현대시조가 자유로운 운용이 가능하다는 것을 보여주길 기대한다. 당선자에게 축하를 전하며 시조의 현대성 구현을 위해 노력해 주길 바란다.

심사위원_ 시조시인 이근배, 이송희

부여

황바울

1990년 충남 서산 출생. 숭실대 문예창작학과 졸업
『창비어린이 신인문학상』 동화 부문
『대전일보 신춘문예』 동시 부문 수상
『진주가을문예』 소설 부문 수상
2021년 『조선일보 신춘문예』 시조 부문 당선

notmyson@kakao.com

부여

유적 같은 도시에서 유서 같은 시를 쓴다
아버지와 어색하다 식탁이 너무 넓다
갈증이 나기도 전에 아버지는 물을 따랐다

날개 뜯긴 잠자리처럼 눈알만 굴려대다
발소리 죽이며 잠자리를 빠져나온 밤
유유히 강이 흘렀다 삼천명이 빠졌는데도

사계절이 가을인 이곳에서는 모두 안다
찬란은 잊혀지고 환란은 지워진다
오늘은 얘기해야지 밥을 꼭꼭 씹었다

·백마강변 낙화암에서 삼천명의 궁녀가 뛰어내렸다는 전설이 있다

시조와 동화·소설까지…
나는 패기로 글을 쓴다

사과는 잘해요

죄송합니다

영어로 말하면 아임 소리

나는 소리입니다

사각사각

사과를 베어물면 나는 소리입니다

사각사각

사각사각

사각사각

사각사과

사과는 둥그렇습니다

그렇습니다

사각은 원입니다

먼저 하나님께 감사드립니다. 조대휘 장로님의 장례가 끝나고 바로 다음 날, 당선 소식을 들었습니다. 남겨진 가족들이 마냥 슬프지 않게끔 선물을 주신 건 아닐까 싶습니다. 부끄럽지 않은 손자가 되겠습니다.

부족한 저를 뽑아주신 심사위원 선생님, 언제나 힘이 되는 '문학살롱 폰'의 폰남정·폰미정·폰이정, 대일문학회와 펄스 식구들, 사랑으로 지도해주신 최승호 선생님께 고개 숙여 감사 인사를 드립니다. 앞으로 좋은 글을 많이 써서 보답하도록 하겠습니다.

저는 시조뿐만 아니라 동화, 동시, 소설도 꾸준히 쓰고 있습니다. 아직 패기가 남아있습니다. 많은 청탁 기다리겠습니다.

글뿐만 아니라 그 외의 수단으로도 독자들과 만나고 싶어 인스타그램을 만들었습니다. @munhaksalon 문학 얘기 많이 나누었으면 좋겠습니다.

다시 한번 감사드립니다.

가정과 청춘, 그 이상의 의미를 절묘하게 확장

모두가 힘들 때 문학은 무엇을 할 수 있나. 무력감을 뚫고 닳은 응모작들에서 위기를 양식 삼아온 문학의 오랜 힘을 다시 본다. 많은 응모자가 정형시의 미래를 새로 쓰려는 듯 긴 고투의 시간들을 투고해왔다. 그런 마음의 갈피에서 문학의 본연을 돌아보며 작품들을 찬찬히 살펴 읽었다.

끝까지 되읽게 한 작품은 '파우치', '먼저 끊으면 안 되는 전화', '자이로 나침반', '붉은색 동화', '닻별', '부여' 등이었다. '파우치'와 '붉은색 동화'는 역동적인 언술이나 표현의 확장성에 비해 발효되지 않은 관념과 진술의 과잉이 걸렸다. 현실을 유머러스하게 버무린 '먼저 끊으면 안 되는 전화'나 형식에 어울리게 시적 조율을 해낸 '자이로 나침반'의 시인은 계속 시조에 집중할지, 판단을 유보하기로 했다. '닻별'은 의욕적이나 비슷한 표현들이 초래하는 이완의 노정으로 내려놓았다. 이런 지적을 넘어서는 마지막 작품으로 '부여'를 들어 올렸다.

당선작 '부여'는 정형의 간명한 구조화와 형상력이 빼어나다. '아버지와 어색하다 식탁이 너무 넓다'거나 '날개 뜯긴 잠자리처럼 눈알만 굴려댄다' 같은 묘사는 요즘 가정과 청춘의 압축으로 절묘하다. 비유도 적실해서 '유적'/'유서', '잠자리'/'잠자리', '찬란'/'환란' 등은 언어유희 이상의 의미 확장을 견인한다. 특히 '밥을 꼭꼭 씹었다'는 대목은 단순하지만 단순치 않은 촉발로 뭔가 시작하려는 다짐과 암시를 오롯이 빚는다. 코로나19처럼 어느 힘든 상황에 대입해도 좋은, 밥의 힘을 조촐히 빚내는 것이다.

황바울씨의 당선을 축하한다. 시조도 꼭꼭 씹으며 더 심화해가길 바란다. 다시 시조를 다잡을 응모자들께도 더 나아가길 바라는 마음으로 기대를 전한다.

심사위원_ 시조시인 정수자

2022
신춘문예
당선시집

시

하이퍼큐브에 관한 기록

백가경

2022년 『경향신문』 시 부문 신춘문예 당선

moonhalo100@gmail.com

하이퍼큐브에 관한 기록

920년 변호사 세바스챤 힐튼은 어린이들에게 3차원 공간에 대한 기초적 이해를 돕고자 정글짐을 발명했다

x가 머리 위에 달린 축을 오른손으로 잡고 있다 높이를 미처 재지 못한 x의 발이 바닥에 거의 닿을락 말락 누군가 실컷 타다 뛰어내린 그네처럼 어안이 벙벙하다 x의 팔과 다리가 점점 빠르게 버둥거린다 x는 하나의 커다랗고 검은 점이 되는가 싶더니 그 어떤 축으로부터 멀어지지 않고 x 값이 무한 증폭된다

y님 행복을 주는 치과 생일 축하드립니다. 임플란트 10% 할인 1
어떻게, 잘 지내? 1
은평구도서관 '세상의 끝' 연체 49일 빠른 반납 요망 1
소액 대출 최저 이율로 신용등급 모두 가능

y는 몸을 정육면체 안으로 구겨 넣는다 점점 y값을 잴

수 없고 그럴수록 y는 생각한다

　이 모든 되풀이는 나의 결과 값 "(경제적) 자유"를 위한 것

　z의 미랫값 : 직사각형 화장실 천장에 도시가스 공급관이 노출돼 있음 장판과 텐트 사이 혈액이 말라붙어 표백제와 기타 용액을 계산한 것보다 한 통 더 사용함 청구 예정

　z의 현재 값 : 중위소득 85% 이하 가정에서 자란 3학년 C반

　발가락 하나로 자신의 목숨을 지탱한 x는 같은 위치 옥상에 사는 주민이자 애인 z를 찾아 창백한 타일로부터 그를 무한 증식시킨다 열화 과정에서 z는 기체로 변할 수 있게 되고 y가 연체한 '세상의 끝'을 대신 반납한 후 49일을 1초 만에 앞당겨 '세상의 끝 역자 후기'를 대출한다 y가 연탄과 소주를 담아 온 마트 봉지를 쓰레기통에 넣을 때 자연스럽게 제목을 볼 수 있도록 책을 비스듬히 세워놓는 것

을 잊지 않는다

  범우주아카이빙센터 12호 연구소장은 x, y, z 세 어린이
를 한 차원에 모아 두고 질문을 시작한다

  말을 끊어서 미안하지만 여러분 어떻게 연결되었으며
이런 건 어떻게 알게 되었나요?

  세 어린이 동시에 말한다. 무슨 말씀이신지 모르겠군요.

  연구소장은 웃음을 잃지 않는다 어린이들 모르게 언어
변환 버튼을 누른 후 짧게 욕을 한다

  그렇다면 당신들의 능력은 어떤 문헌에서 찾은 것인가
요?

  어린이 일동, 문헌에서 찾지 않았습니다. 우리의 차원에

서 일어나는 일입니다.

· *Hypercube* 4차원에서 모든 변의 길이가 같은 도형, 10개 이상의 처리
기를 병렬로 동작시키는 컴퓨터의 논리 구조

기억과 기록…오래 써나갈 것

아직도 모르겠습니다. 내가 쓰는 것이 시일까, 내가 시를 쓸 자격이 있을까? 경향신문으로부터 연락을 받고 울먹이는 제가 선뜻 다른 사람처럼 느껴졌습니다. 제게 시는 모든 사람으로부터 외면당했다고 느꼈을 때, 세상의 빛나는 것들이 하찮아 보일 때, 사는 것을 잠시 그만두고 싶을 때 쓰였습니다. 분노와 슬픔과 괴로움 그리고 부끄러움, 그런데도 살아보겠다고 꿈틀대는 욕망이 시 속에서만 비로소 쓸모를 찾았습니다. 어두운 방에서 더 어두운 생각을 톺아보고 그보다 어두운 곳에 있을 존재에 기대어 썼습니다. 그랬던 시가 살면서 가장 빛나는 자리로 저를 데리고 나왔습니다. 영문을 모르겠습니다. 요즘은 시가 어떻게 시작되는지 잊을 것 같은 두려움에 꿈속에서도 문장을 중얼거립니다. 좋은 시란 어떻게 쓰이는지 모르겠습니다. 하지만 모르는 마음으로 덤벼봐도 된다는 목소리를 들었습니다. 모르기 때문에 그 속으로 마음껏 몸을 던져도 된다고, 길을 잃은 곳에서 더 길을 잃기 위해 난장을 부려도 된다는 목소리였습니다.

함께 시를 써나간 김미라 언니, 양송이 언니에게 고맙다는 말을 전합니다. 우리는 오래 들어왔던 시 수업이 갑작스럽게 폐강한 후 임시저장이란 이름의 작은 모임을 만들어 시를 쓰고 서로의 것을 읽었습니다. 만나는 것 자체가 어려운 시절에 모니터 화면 너머로 표정을 나누고 이어폰으로 전달되는 낭독을 들으며 저는 써나갈 힘을 가까스로 얻었습니다. 어느 우스갯소리가 기억나네요. "호랑이 굴에 들어가도 Ctrl+S만 차리면 산다"고요. 계속, 습관적으로, 시도 때도 없이 저장한다는 임시저장이란 기능처럼 지금 우리가 기억하고 기록해야 하는 것, 돌아보아야 하는 것을 신경질적으로 시에 저장하며, 오래 써나가겠습니다. 칠흑 같은 바다 위로 둥실 떠오른, 혼불 같은 목소리를 들려주신 분들께 감사합니다.

미학적 자유로움은 정확함 위에서
탄생한다는 것 보여줘

　우리 삶의 시간은 '살아내는' 능동과 '살아지는' 수동이 얼마간 뒤섞이기 마련이다. 반면 우리가 시를 쓰는 시간은 온전한 능동만이 자리하고 있을 것이다. 이런 의미에서 이번 경향신문 신춘문예에 투고된 작품들은 언어와 삶의 주체를 회복하려는 저마다의 고투다. 이 흔적을 따라 읽는 것은 경외가 가득한 것이었고 이들 가운데에서 한 편만의 작품을 당선작으로 정하는 것은 고민을 더하는 일이었다.

　5명의 작품을 정해 더 깊은 논의를 이어나갔다. 이미 모두 자신만의 것을 가지고 있는 고유함들. 김소영은 구어와 문어의 적절한 활용을 통한 활달한 에너지로 일순간 세계의 이면을 서늘하게 드러낼 줄 안다. 박규현은 개성 있는 호흡과 리듬이 돋보였다. 행의 배열이나 문장이 끝나는 지점을 어슷하게 두어 여운을 발생시키는 감각도 좋았다. 원예린은 무심한 듯 부리는 언어들로 미감을 이끌어내는 능이 상당했고 시적인 것을 발견해내는 밝은 눈도 인상 깊었다. 박다래의 원고는 끝까지 놓지 못했다. 평이한 진술 가운데 묘한 긴장감을 불러내는 능력. 숨어 있는 서정을 잡

아채는 감각. 다만 문장의 반복이나 중복이 만들어내는 효과에 대해 스스로 한번쯤 의심해주었으면 하는 고언을 드리고 싶다.

백가경의 '하이퍼큐브에 관한 기록' 외 4편을 당선작으로 정한다. 백가경의 시는 명징한 언어로 작품을 구축한다. 어떤 모호성에 기대어 상상을 비약시키는 것이 아니라 정확한 사유와 진술로 한 발 한 발 나아가는 것이다. 이런 방법론은 자칫 단순해지고 평이해질 위험이 따르는 것이지만 시인은 이에 아랑곳하지 않고 더 공고하게 세계를 확장시킨다. 미학적 자유로움은 정확함 위에서 탄생할 수 있다는 사실을 아름답고도 투명하게 상기시켜주는 시인이다.

앞으로도 내내 지난할 시간 속에서 시인만의 가장 고른 것들을 우리에게 꺼내주시길 기대한다.

심사위원_ 박준·김행숙·김현

■ 동아일보 | 시

경유지에서

채윤희

1995년 부산 출생
명지대학교 문예창작과 졸업.
2022년 『동아일보 신춘문예』 시 부문 당선

yhyunee@daum.net

경유지에서

중국 부채를 유럽 박물관에서 본다
초록색을 좋아하는 나는
딱정벌레 날개 위에 누워 있다

한때 공작부인의 소유였다는 황금색 부채
예수는 얼핏 부처의 형상을 하고 있다
약속한 땅은 그림 한 뼘
물가로 사람을 인도한다는 뿔 달린 짐승은 없다

한 끝이 접혔다가 다시 펼쳐진다
떨어진 금박은 지난 세기 속에 고여 있고
사탕껍질이 바스락거린다
잇새로 빠져나와서 바닥으로 떨어지는
받아 적을 수 없는 소리

파란색을 좋아하는 나는
물총새 깃털을 덮고 잠든다
멸종에 임박한 이유는 오직 아름답기 때문
핀셋이 나를 들어올리고

길이 든 가위가 살을 북, 찢으며 들어간다

기원에 대한 해설은 유추 가능한 외국어로 쓰여 있다

따옴표 속 고어는 이해하지 못하지만

오랜 세월 파랑은 고결함이었고 다른 대륙에 이르러 불

온함이 되었다

존재하지 않던 한 끝 열릴 때

나, 아름다운 부채가 되기

열망은 그곳에서 끝난다

괜히 글 쓰고, 괜히 혼자 여행하고…
괜히 그랬다 싶은 일들이 시가 됐다

　당선연락을 받았다. "엄마!" 비명을 지르며 따뜻한 품을 끌어안았다. 엉엉 울기에 이상적인 순간이었고 거의 그럴 뻔했다. 그러나 끓는 물에 들어간 지 10분을 훌쩍 넘긴 파스타를 걱정하는 마음이 울컥 치미는 마음을 기어코 짓눌렀다. 퉁퉁 불어버린 파스타를 소스가 담긴 팬으로 옮겨 담았다. "어휴, 비명이 들리기에 사실 벌레가 나온 줄 알았다." 어른들의 이야기를 들으며 새우가 그릇마다 세 마리씩 배분되었는지 살폈다. 지금 새우가 문제인가. 그러나 새우가 문제이기는 했다. 내가 네 마리를 먹으면 누군가는 두 마리를 먹게 될 테니까. 회심의 파스타였는데 코로 들어가는지 입으로 들어가는지 알 수 없었다. 그래도 새우가 세 마리이기는 했다. 다행히도.

　당선작의 제목을 알려드렸다. "아, 너 비행기 놓친 곳!" 아니라고 답하면서도 그 편이 재미있었을 텐데 괜히 정정했나 싶었다. 괜히 그랬다 싶은 일들은 늘 일어났다. 괜히 글을 쓴다 그랬다, 괜히 다른 공부를 한다 그랬다, 괜히 혼자 여행한다 그랬다. 그렇게 괜히 그랬다 싶은 일들이 시가 되었다. 조촐한 당선소감을 읽고 있는 당신도 당신만의 괜한 순간을 긍정하게 된다면 좋겠다.

감사할 사람들이 많다. 우선 언제나 응원해준 엄마와 아빠, 할머니와 동생에게 사랑을 보낸다. 예술을 한답시고 빌빌거리는 친구 셋의 술값을 턱턱 내준 이 선생. 이제 갚을게. 나의 6기. 응어리진 애정을 풀기엔 나의 언어가 모자라다. 마지막으로, 항상 무언가를 그르치고 있다는 감각으로 살아가면서도 스스로를 사랑하는 걸 멈추지 않은 나에게 감사할 따름이다. 열심히 쓰겠다.

시간-공간 넘나드는 활달한 상상력, 매력적으로 다가와

최종심에 올라온 작품들은 대체로 무난했다. 달리 말하면 위험도 모험도 드물었다는 말이다. 안정적 기량이 우선적인 것은 틀림없지만 개성적인 목소리가 많지 않았다는 점에서 이 균일함은 우리가 보낸 한 해의 격동과도 거리가 있어 보였다. 시가 삶의 불안을 고스란히 드러낼 필요는 없지만 그렇다고 해서 동시대의 삶의 환경과 동떨어진 기예를 겨루는 경연도 썩 유쾌한 것만은 아니다. 본심 심사위원들이 만나서 가장 먼저 나눈 얘기는 바로 이 의아함에 대한 것이었다.

오래 논의한 세 작품은 '남겨진 여름', '씨앗의 감정', '경유지에서'였다. '남겨진 여름'은 문장의 신선함이 눈에 띄었고 근경과 원경을 오가며 사유를 전개하는 리듬도 흥미로웠다. 다만 긴장을 끝까지 유지하지 못하고 시의 마지막 연에서 상투형으로 마무리되는 것이 아쉬웠다. 압축과 절제에 대해 생각할 시간이 필요해 보인다. '씨앗의 감정'은 이질적인 이미지를 하나의 시상을 중심으로 그러모으는 솜씨를 보여줬다. 씨앗을 소재로 한 사유가 다양한 이미지를 통해 변주되는 양상은 신선했다. 그러나 시의 마지막 대목에서 대사를 그르쳤다. 모든 시가 기승전결과 대미를 필요로 하는 것은 아니다.

심사위원들은 긴 논의 끝에 '경유지에서'를 당선작으로 선정했다. 시간과 공간을 넘나드는 활달한 상상력이 매력적인 작품이다. 나아가 찰나적 순간을 자신의 삶에 대한 사유로 길어오는 기량도 믿음직스럽다. 함께 투고된 작품들이 고른 기량을 보인 것은 아니었지만 한 작품을 고르라면 이 작품일 수밖에 없다는 것에 대한 동의가 있었다. 기대와 더불어 축하의 마음을 전한다.

심사위원_ 정호승·조강석(문학평론가)

상자 놀이

김보나

1991년 서울 출생
성신여대 교육학과 졸업. 편집자로 일하고 있다.
2022년 『문화일보 신춘문예』 시 부문 당선

officiallybonakim@gmail.com

상자 놀이

내 방엔 뜯지 않은 택배가
여러 개 있다

심심해지면
상자를 하나씩 열어 본다

오래 기다린 상자는
갑자기 쏟아지는 풍경에 깜짝 놀라거나
눈을 떴다고 생각할지도 모른다

그건 착각이야
세계는

누군가 눈을 뜨기 전에
먼저
빛으로 눈꺼풀을 틀어막지

나는 상자가 간직한 것을 꺼내며 즐거워한다

울 니트의 시절은 지났고
이 세제는 필요하다

새로 산 화분을 꺼내
덩굴을 옮겨 심으면
내 손은 순식간에 흙투성이가 된다

그래도 돼
뮤렌베키아 줄기가 휘어지는 방향을 따라가도 돼

친구는 이것을 선물하면서
식물은
쏟아지는 빛의 자취를 따라가며
자란다고 말했지

방을 둘러보면
여전히 상자가 수북하다

이삿짐이거나

유품 같다

빈 상자가 늘고

열 만한 것이 사라져 가면

나는 이 방을 통째로 들어

리본으로 묶을 궁리를 해 본다

"다르게 말하는 방법 '활자'가 열어준 세계"

겨울의 초입, 갑상선암 진단을 받았다. 완치 가능성은 높지만 갑상선을 절제하는 수술을 받아야 한다고 했다. 마음이 얼어붙었다. 출퇴근길, 바삐 오가는 사람들 사이에서 생각했다. 단단한 빙하가 된 것 같다고, 점점 부서지고 작아질 얼음이 되어 먼 하류로 떠내려가는 것 같다고.

막막한 그때, 당선 전화를 받았다. 거짓말처럼 생일에 걸려 온 전화는 이렇게 말해 주는 것 같았다. 엔딩 크레디트가 내려진 것처럼 살지 말라고, 너는 이제 활자의 세계에서 다시 태어날 거라고.

언젠가, '얼음의 노래'를 들은 적이 있다. 촬영감독 요나 인톤은 팽팽한 빙판이 호수 한가운데에서 깨지는 순간을 영상으로 포착했다. 길고 깊은 균열이 생기는 그때, 얼음은 노래한다. 나는 무언가를 잃어 가는 사람들의 곁에 있고 싶다. 그러한 방식으로 노래하는 법을 배우기로 하면서.

고마운 사람들의 이름이 어둠 속에서 하얗게 떠오른다. 서툰 나를 받아 주는 아네스와 베드로, 오빠와 두 동생과

다투고 또 사랑하며 살아갈 것이다. 삼십 대가 되면 좋은 일이 더 많이 찾아온다고 한 혜지 언니, 초등학생 때부터 서로 곁을 지켜 준 미혜와 수인, 평생 미더운 눈빛 서우종 선생님, 널 믿는다는 말 대신 말없이 손을 잡는 진희, 언 니는 시인이 될 거라고 나보다 앞서 믿은 윤혜, 함께 글을 쓰고 사계절의 풍경을 여행한 지혜, 혜배, 혜라에게 고맙 다. 무지개책갈피와 상처를 드러내지 않는 글쓰기 친구들, 'SOH'가 있어 일하는 나날 가운데에서도 마음을 가다듬으 며 읽고 쓸 수 있었다. 쭈뼛대며 수업에 찾아온 사범대생 을 격려한 한영옥 시인님, 자기만의 목소리를 내는 법에 대 해 알려 준 김상혁, 황인찬, 김소연, 김언 시인님과 첫걸음 을 응원해 준 심사위원님들께 갓 우린 차처럼 따뜻한 감사 를 전하고 싶다.

모두에게 행운이 깃들었으면 좋겠다. 숨은 씨앗을 어떻 게든 찾아내 싹을 틔우는, 햇빛을 닮은 힘이 이 글에 어리 면 좋겠다. 앞으로도 활자를 믿고 쓰면서, 어쩌면 날 녹일 지도 모를 빛과 사랑을 따라 흔들리며 나아가고 싶다.

평범한 소재서 리듬감 이끌어낸
상상력…서정시 품격 한층 높여

심사는 예심과 본심을 통합해 진행됐고, 논의를 거쳐 10여 편의 작품이 본심에 올랐다. 이 중에서 '가뭄' '포도' '청년 희망 회복' '상자 놀이'가 경합한 끝에 '상자 놀이'가 당선작으로 선정됐다. 마지막에 아쉽게 수상의 영예에서 밀려난 다른 작품들 역시 서정적 울림과 개성을 지닌 높은 수준을 보여줬다는 것이 심사위원들의 중론이었다.

'가뭄'은 자연어의 결합을 통해 영혼의 갈증과 슬픔을 형상화해내는 언어 감각이 눈에 띄었다. '포도'는 도입부의 돌발적인 이미지가 끝까지 유지되는 흡인력과 의미의 여운을 증폭시키는 간결한 시상 전개가 인상적이었다. '청년 희망 회복'은 변두리 재개발지와 도시계획 차원에서의 개발행위의 상관관계를 통해 사회적 관심을 환기해내는 시선의 힘이 돋보였다. '상자 놀이'는 평범한 일상의 소재에서 운문적 리듬감을 이끌어내는 풍부한 상상력과 감성이 감탄을 자아냈다.

이 작품들에 대한 심사위원들의 일차 의견 교환이 있고

난 다음 '가뭄'은 언어 감각의 화려함에 비해 말하고자 하는 바가 불투명하다는 점, '포도'는 돌올한 언어 배치가 인상적이지만 한편으론 그것이 행간의 깊이를 모호하게 만든다는 점이 각각 지적돼 제외됐다. 최종적으로 '청년 희망 회복'과 '상자 놀이'가 남았다. '청년 희망 회복'은 재개발지에 꽂힌 '깃발'을 통해 세계가 재편되고 그 안으로 모든 것이 빨려 들어갈 수밖에 없는 현실을 지적하는 사회적 비판의식과 구체적 사실감이 코로나19 시대를 살아가는 청년들의 마음을 대변한다. 다소 시가 직설적이고 산문적이라는 점이 고심케 해 당선작이 되지 못했지만 이 응모자의 앞날을 기대하게 한다. 결국 끝까지 남은 '상자 놀이'가 별다른 이견 없이 만장일치로 당선작으로 선정됐다.

우선 '상자 놀이'는 간결하면서도 풍부한 여백의 미가 서정시로서 갖춰야 할 품격을 한층 높인다. 시상을 전개하는 맑고 순수한 시행의 흐름이 행과 행, 연과 연 사이에서 막힘없이 운용돼 운문적 리듬감으로 충일하다. 또 시행과 시행을 건너뛰는 간결함과 담백함으로 우리 마음의 여백에 잔잔한 파문을 남기는 풍부한 상상력이 여운을 자아낸다. 이 시는 "뜯지 않은 택배"라는 평범한 일상의 소재에서 출발한다. 그러나 그것을 구태의연하게 쓰지 않고 현실에 발을 댄 독특한 시선으로 변주하는 공간 변용 능력과 감정의 안배가 뛰어나다. 상자의 닫혀 있음과 열림, 그를 통해 드러나는 어둠과 빛이 팬데믹 시대의 도시적 일상을 살아가는 사람들의 속내를 주거 공간에 집약해낸다. 무엇보다 당선작과 함께 보내온 응모작들의 수준이 고른 점도 안심케 하는 대목이다. 산문화와 장식적인 수사가 대세를 이루는 오늘날의 시적 풍경 속에서 이 신예시인이 현실 세계와 상상 세계를 덧대어 어떤 삶의 박동과 리듬을 우리에게 선물해줄지 큰 기대를 가지며, 당선을 진심으로 축하드린다.

심사위원_ 나희덕·박형준·문태준

반려울음

이선락

1957년 경북 경주 출생
건국대학교 수의과대학 졸업
2022년 『서울신문 신춘문예』 시 부문 당선

blue-dragon01@hanmail.net

반려울음

슬픈 시를 쓰려고 배고프다, 썼는데 배곺으다라 써졌다
곺 뒤에 커서를 놓고 백스페이스키를 누르자 정말 배
가 고팠다

뱃가죽이 등에 붙어버렸나? 배가 깜박거리기 시작했다

고프다, 쓰자 배가 없어졌다. 등이 구부러지는, 굴절된
뼈 같은 오후

그래, 슬픔은 늘 고프지
어딘가가 고파지면 소리 내어 울자, 종이 위에 옮겼다

세면대 위에 틀니를 내려놓듯 덜컥, 울음 한마디 내려
놓고 왔습니다
그뿐인가 했더니
옆구리 어디쯤에 쭈그리고 있던 마음, 굴절되어 있네요

거품을 집어삼킵니다 씹어도 건더기라곤 없는 튀밥
혓바닥이 마르고, 버썩거립니다

그래요, 뭐든 버썩거릴 때가 있어요 잠깐 눈 돌리면
쏟아지기도 하고…

난 수년 전 아이 몇몇 쏟아버린 적도 있어요

그땐 내 몸도 깡그리 쏟아졌던 것 같아요 마지막 손톱
을 파낼 땐
눈에도 금이 가고 있었죠

'얘야, 눈빛이 많이 말랐구나 눈을 새뜨고 있는 게 아니
었어' 내가,

'손가락을 흘리고 다니지 말랬잖아요 근데 왜 까마귀 목
소리가 흘러나오는지…' 보송보송 털이 난 꿈속에서

배가 고프단 얘긴 줄 알았는데, 그림자 얘기였어

부풀해진 그림자론 날아오를 수 없다, 어떤 돌은 그림자
도 생겨나지 않는다, 죽은 후론 배꼽도 떠오르지 않는다,
쏟아졌던 아이들이

처음으로 수면에 떠올라
'배꼽은 어디 있을까?' 찾고 있을지도 모르는

깨지지 않는 것도 깨진 것이 돼 버린 오후
이렇게 비좁고, 나는 깎아지른 맘뿐이었나

몇 줄 적지 못한 종이 한 장 찢어, 공중에 날리는

나이는 숫자일 뿐…
더 많이 생각하고 노력해야죠

농막에서 돌아와 막 책상 앞에 앉았을 때 낯선 번호의 전화가 왔다. "서울신문 기자인데요." 나는 금방 자리에서 일어서고 말았다. 내 속의 내가 한 길쯤 공중으로 솟아올랐던 걸까? 아내가 진정하라고 어깨를 내려주었을 때서야 참으로 많이 놀랐구나, 기뻤구나, 실감이 났다. 전화기 속으로 절이라도 겹쳐 넣고 싶었다.

수 해 전 아내는 농막 하나를 지어 내어주며 하고 싶은 것 많이 해 보라고 권했다. 이튿날 바로 읽고 있던 시집 10여권을 들고 가 종일토록 읽었다. 토요일 오후엔 동리목월 문예창작대에서 수강했다. 구광렬 시인의 첫 수업 때 망치로 뒤통수를 세게 얻어맞은 기분이었다. 시에 대한 인식을 새롭게 하게 된 계기였다.

그 후에도 손진은 시인, 전동균 시인, 유종인 시인의 열강을 놓치지 않고 들었다.

제법 몇 해가 흘렀을 때에서야 약간씩 눈이 뜨이기 시작했다. 어느 순간 내 속의 내가 말을 걸기도 했고, 주위의 사물들이 말을 걸어오기 시작했다. 써 보라고 권하는 듯했다.

시가 되는지 뭐가 되는지도 모르고 즐겁게 썼다. 여러 시집을 읽었다. 수백여 권쯤 될까? 세 번, 네 번, 열 번, 스무 번쯤 좋아지는 시집을 더 많이 읽었다.

나이는 숫자에 불과하다는 말을 좋아하게 됐다. 더 많이 생각하고 더 많이 노력하겠다, 다짐해 본다.

심사위원님들께 감사드리며, 노심초사 나를 지켜봐 주신 여러 지인들께도 심심한 감사를 드린다. 문우님들께도, 시목문학회 회원들께도 깊이 감사를 드린다. 아내를 다시 한번 껴안아 주고 싶다. 마스크를 벗고 사는 시간이 얼른 왔으면. 기다려진다.

고픔과 아픔 외면하지 않는 시,
질문을 그치지 않는 시

올해도 많은 분들이 새봄을 향해 시를 보내 주셨다. 오랜 시간을 들여 차근차근 읽었다. 예년보다 더 오래 숙고했는데, 손에서 쉽사리 내려놓을 수 없는 작품들이 많았기 때문이다. 단단하게 짜인 세계를 횡단하며, 심사자들의 눈과 손이 시종 천천히 움직였다.

'오픈'이 보여 준 감춤과 들킴의 미덕, '물과 풀과 건축의 시'에서 감지한 조용한 폭발, '비닐하우스'가 만들어 낸 미묘한 긴장, '온몸일으키기'가 일으킨 위트와 블랙 유머에 대해 언급하지 않을 수 없다. 하나같이 머리와 가슴을 두드리는 시편이었다.

당선작과 끝까지 경합한 '저기 저 작은 나라' 외 네 편은 독특한 시적 세계관으로 심사자들의 고른 지지를 받았다. 자기만의 세계가 이미 상당 부분 구축돼 있어 앞으로 그 세계가 어디로 어떻게 뻗어 나갈지 궁금했다. 토씨 하나도 허투루 사용하지 않는 문장들은 묘한 리듬감을 자아내 읽을 때마다 긴장하지 않을 수 없었다.

열띤 토론 끝에 '반려울음' 외 두 편을 당선작으로 뽑는다. 젊음은 젊은 상태, 혹은 젊은 기력을 가리킨다. 젊은 시가 있다면 그 상태를 잊거나 잃지 않고자 기력을 쏟아붓는 시일 것이다. '고픔'과 '아픔'을 외면하지 않는 시, 질문을 그치지 않는 시일 것이다. 일상의 한 장면에서 지나간 시간을 길어 올리고 작금의 감정을 그 위에 내려놓는 시일 것이다. '반려울음'은 쓰면서 고파지는 시, 배가 뱃가죽과 배꼽을 소환하는 시, 마침내 쏟아버리면서 동시에 쏟아지는 시였다. "버썩거리는" 일상을 비집고 다른 존재를 향한 유일한 감정이 솟아오르며 빛나는 시였다. 울음을 껴안으면서 울음과 함께 살겠다고 다짐하는 시였다.

시 쓰는 데 있어 이른 시간과 늦은 시간은 존재하지 않는다. 시를 쓰는 시간은 모두 제시간이다. 당선자에게 축하를, 응모자 모두에게 고마움을 전한다.

심사위원_ 신해욱·오은·박연준

비 오는 날의 스페인

이신율리

2019년 오장환신인문학상 수상
2022년 『세계일보 신춘문예』 시 부문 당선

kmlee361@naver.com

비 오는 날의 스페인

죽는 사람들 사이로 날마다 비가 내린다
사과는 쓸모가 많은 형식이지 죽음에도 삶에도

수세미를 뜬다 사과를 뜬다
코바늘에 걸리는 손거스러미가 환기하고 가는 날씨
를 핑계로 미나리 전이나 부칠까

미나리를 썰 때 쫑쫑 썰어대는 말이 뒤섞인들 미나리
탕탕 오징어를 치며 바다가 보인대도 좋을

다행히 비 내리는 날이 많아 그 사이로 사람이 죽기도
한다
올리브 병에서 들기름이 나오면 핑계 삼아 한판
사과나무에서 다닥다닥 열린 복숭아를 다퉈도 되고
소금 한 주먹 넣으며 등짝도 한 대

단양과 충주 사이에 스페인을 끼워 넣는다
안 될 게 뭐 있어 비도 오는데
스페인보다 멀리 우린 가끔 떨어져도 좋을 텐데

철든 애가 그리는 그림 속에선 닭 날개가 셔터를 내리고 오토바이를 탄 새가 매운 바다에서 속옷과 영양제를 건져 올렸다 첫사랑의 정기구독은 해지했다

꽃병에 심야버스를 꽂았다 팔다리가 습관적으로 생겨나는 월요일, 아플 때마다 키가 자라는 일은 선물이었다

불꽃이 튀어도 겁나지 않은 나이는 이벤트였지

단풍 들지 않는 우리를 단양이 부른다 스페인은 멀고 안전벨트를 매고 접힌 색종이처럼 사진을 찍는다

여전히 비가 내리고 누군가 멀리 떠난다

"이 세상 살아있는
모든 것들에 감사합니다"

까마귀가 얼어붙은 목청을 녹이자 유자나무가 등불을 켭니다. 노랑은 빨리 달려오는 발목을 가졌다고 벨이 울렸습니다. 편두통은 어느 계절을 돌아 여기 와서 끝이 되었을까. 손끝에 모은 0도에서 바닐라 라떼를 만들어 오래된 연인들에게 나눠주는 상상을 합니다.

희망이 텅텅 비었던 정오의 숲에서 길을 잃고 나를 잃었던 시간들 쓸모없는 것에 관심이 많아 세계를 건너 너에게로 간다고 썼습니다. 우주가 나에게 보낸 편지에서 깨어나 또 다른 나를 찾아 젤리를 뿌리고 스티커를 붙여 내 안에 어떻게 나를 배치할까 궁리합니다.

아직 돌아오지 않은 말들이 새 이마를 가지고 수천 번의 질문을 하는 상상로를 걸어옵니다.

초승달에 그네를 매 하늘을 날았다는 당신의 태몽이 맞았습니다. 죽은 가지를 부러뜨리면서 나는, 밤나무 숲을 걸어 나옵니다.

길 열어주신 나의 하나님 감사드립니다. 이 세상 살아있는 모든 것들에게 감사합니다. 선해주신 심사위원님, 세계일보사에 깊은 감사를 드립니다.

"인생론적 깊이 함축…
언어적 안정감 탁월"

2022년 세계일보 신춘문예 응모작들은 예년에 비해 숫자는 조금 줄었지만 그 수준과 내실은 더욱 탄탄해졌다고 할 수 있다. 역량 있는 신인들이 이렇게 다양한 작품을 투고해주고 있다는 사실이 매우 기쁘게 다가왔다. 심사위원들은 예심을 통과한 작품들을 읽어가면서 다수 작품이 빼어난 언어와 안목을 보여주었다는 데 의견일치를 보았다. 시단의 주류 시풍이나 관습적 언어를 답습하지 않고, 스스로의 경험적 언어에 오랜 시간과 정성을 쏟았을 작품들이 많았다. 침체기에 있는 한국 시는 이들의 언어를 통해 새로운 개진을 해갈 것이다.

심사위원들은 그 가운데 김하미, 이신율리, 조민주씨의 작품을 오래도록 주목하였는데, 숙의 끝에 상대적으로 균질성과 언어적 안정감을 가진 이신율리씨의 작품을 당선작으로 결정하게 되었다. 이신율리씨의 '비 오는 날의 스페인'은, 비가 내리는 풍경 속에서 구성해가는 사람살이의 외관과 생태와 속성이 인생론적 깊이를 함축하고 있는 수작이다. 그 안에는 음식들에 관한 숱한 기억의 구체성과 함

께, 스페인보다 더 멀리 떨어져 있어도 더 멀리 떠나 있어
도 좋을 사랑과 불꽃과 시간이 아름답게 펼쳐져 있다. 수
없는 '사이'에서 벌어지는 생의 파노라마가 환상성과 역동
성을 함께 거느리면서 그림처럼 사진처럼 다가온 선물이
자 이벤트였다. 더욱 성숙한 시편으로 세계일보 신춘문예
의 위상을 높여주기 바란다.

  당선작이 되지 못했으나 구체성과 심미성을 두루 갖춘
사례들이 많았다는 점을 부기한다. 대상을 좀 더 일상 쪽으
로 구체화하여 우리 주위에서 살아가는 타자들을 애정 깊
게 응시한 결실도 많았다. 다음 기회에 더 풍성하고 빛나는
성과가 있을 것을 기대하면서 응모자 여러분의 힘찬 정진
을 마음 깊이 당부드린다.

심사위원_ 안도현·유성호

■ **조선일보 | 시**

럭키슈퍼

고선경

1997년 안양에서 나고 전주에서 자람
한양여자대학교 문예창작학과 졸업
2022년 『조선일보 신춘문예』 시 부문 당선

itsboringbabe@naver.com

럭키슈퍼

농담은 껍질째 먹는 과일입니다
전봇대 아래 버려진 홍시를 까마귀가 쪼아 먹네요

나는 럭키슈퍼 평상에 앉아 풍선껌 씹으면서
나뭇가지에 맺힌 열매를 세어 보는데요
원래 낙과가 맛있습니다

사과 한 알에도 세계가 있겠지요
풍선껌을 세계만큼 크게 불어 봅니다
그러다 터지면 서둘러 입속에 훔쳐 넣습니다
세계의 단물이 거의 다 빠졌어요

슈퍼 사장님 딸은 중학교 동창이고
서울에서 대기업에 다닙니다
대기업 맛은 저도 좀 아는데요
우리 집도 그 회사가 만든 감미료를 씁니다

대기업은 농담 맛을 좀 압니까?
농담은 슈퍼에서도 팔지 않습니다

여름이 다시 오면
자두를 먹고 자두 씨를 심을 거예요
나는 껍질째 삼키는 게 좋거든요
그래도 다 소화되거든요

미래는 헐렁한 양말처럼 자주 벗겨지지만
맨발이면 어떻습니까?
매일 걷는 골목을 걸어도 여행자가 된 기분인데요
아차차 빨리 집에 가고 싶어지는데요

바람이 불고 머리 위에서 열매가 쏟아집니다
이게 다 씨앗에서 시작된 거란 말이죠

씹던 껌을 껌 종이로 감싸도 새것은 되지 않습니다

자판기 아래 동전처럼 납작해지겠지요 그렇다고
땅 파면 나오겠습니까?

나는 행운을 껍질째 가져다줍니다

미래의 나, 미래의 詩에게
이젠 씩씩하게 걸어갈 것

나는 늘 어딘가 엉성한 아이였다. 단체 줄넘기를 하면 꼭 줄에 걸리는 아이, 큐브를 맞추는 데 한 번도 성공한 적 없는 아이, 대답이 느리고 말을 자주 더듬는 아이, 결정적 인 순간이면 반드시 긴장해서 실수하는 아이. 자주 망신을 당했다. 내가 엉성한 존재라서 세계도 나를 어색해하는 것 같았다. 자의식과 수치심이 비례했다.

수치심은 내가 느끼는 숱한 감정들의 형이다. 슬픔과 분 노와 죄책감 같은 동생들을 데리고 나를 줄기차게 따라다 닌다. 그런 수치심과 거리를 두는 감정이 있다면 그것은 사 랑이다. 사랑은 수치심을 파괴하기까지 한다. 사랑을 사랑 해서, 세계를 사랑해서, 사람을 사랑해서, 시를 사랑해서 나는 엉성하게나마 살아 있다.

사랑하는 모든 것을 더 잘 사랑하고 싶은 마음, 그것마 저 사랑이라고 믿는다. 나에게 시는 그 사랑에 대한 고백 이자 답변이었다.

내 엉성한 발걸음과 어울리는 이상한 길을 끝없이 내어 주는 시에게 고맙다. 그 길에 첫걸음을 내딛게 해 주신 한양여대 권혁웅 교수님, 장석남 교수님, 양연주 교수님께 감사드린다. 이상한 길에도 아름다움이 있다는 걸 알려 주신 이영주 선생님께 감사드린다. 못생긴 발자국을 발견하고, 그 발자국이 더 멀리 나아가도록 힘을 보태 주신 심사위원 선생님들께 감사드린다.

내 모든 용기의 근원이 되는 수정, 세리, 재아, 효린을 비롯한 친구들에게 고맙다. 혜정, 선우에게도 고맙다. 나보다 나를 더 믿어 준 연수에게 고맙다. 무한한 지지 속 연대감을 알게 해 준 한양여대 동기들에게 고맙다. 마지막으로 사랑하는 나의 가족. 이수기 씨, 고동진 씨, 그리고 동생들에게 각별한 고마움을 전하고 싶다.

오래전 누군가는 내가 머문 자리마다 꼭 흔적을 남긴다며 긴 꼬리 인간이라 놀려댔다. 흔적은 영혼의 때, 꼬리는 거추장스러운 그림자 같은 것이다. 내게는 그런 것이 성가실 정도로 많다. 그러나 이제는 뒷모습 보이는 일을 부끄러

워하지 않으면서 씩씩하게 걸어가고 싶다.

   무궁무진하고 이상한 미래, 미래의 나, 미래의 시에게로.

퉁치면서 눙치고,
貫하면서 通하는 시적 패기 높이 평가

시의 봄은 세상의 봄보다 빨리 온다. 시의 나라에서는 새해 첫날이 새봄의 첫날이다. '신년문예'가 아니고 '신춘문예'인 까닭이다. 엄동설한에 봄을 열어젖히는 신춘 시처럼, 시의 시제(時制)는 언제나 미래다. 천 년 전을 노래하는 시라고 해도 그 시가 좋은 시라면 시의 마지막 행은 미래로 열리기 마련이다. 이번 새해 첫날에도 시의 나라는 설레는 마음으로 '입국 비자'를 발급한다. 시인의 숫자가 아니라 우리 시의 영토가 다시 넓어지는 순간이다.

입국 심사대에 올라온 본심 대상작 열 분 중 네 분이 남았다. '폭우'(외)는 일상의 균열을 포착하는 감각적 묘사와 시적 통찰이 빛났으나 예견 가능한 시적 구도가 아쉬웠다. '팝콘꽃'(외)은 가족이라는 근원적인 상처 혹은 폭력을 겨냥한 팝콘처럼 튀는 비유적 상상이 매력적이었다. 튀려는 시적 욕망을 조금만 더 제어했으면 싶었다. '덫'(외)은 언어를 어떻게 마르고 잇고 매듭짓는지를 잘 알고 있었다. 그 언어의 압침들이 꽂힐 언어 이

전이나 언어 너머의 지점을 놓치지 않아야 할 것이다. '
졸업반'(외)을 내려놓는 데는 긴 논의가 필요했다. 그의
시편들은 시가 노래와 만나는 지점을 잘 알고 있었다.
리듬감이 좋았고 시의 완성도도 높았다. 시편들에서 엿
보이는 시에 대한 열정과 내공이 느껴지기에 충분했
다. 문제는 그 자연스러움에서 묻어나는 기시감이었다.

'럭키슈퍼'(외)를 당선작으로 결정했다. 최근 시의
파장 안에 있으면서도 지금-여기의 사회 현실과 청춘
의 당사자성이 감지된다는 미덕이 있었다. 버려진 과일
(홍시), 낙과(사과), 씨는 물론 껍질째 먹는 과일(자두),
그리고 부풀었다 터지는 단물 빠진 풍선껌, 헐렁한 양
말, 납작한 동전을 먹는 자판기 등이 있는 '럭키슈퍼'가
화자의 현주소다. 젊은이의 미래와는 먼 오브제들이다.
화자는 '농담 맛'이 가득한 '럭키슈퍼'를 벗어나지 못하
지만, 화자의 동창이자 '럭키슈퍼' 사장 딸은 감미료로
비유되는 '대기업의 맛'을 맛보고 있다는 대비도 능청
스럽다. 퉁치면서 눙치고, 관(貫)하면서 통(通)하는 '행
운'의 의미를 농담과 엮어내는 시적 패기를 높이 평가

했다. 신춘 같은 미래를 향해 "푸른 도화선 속으로 꽃
을 몰아가는"(딜런 토마스), 그런 시의 힘을 기대한다.

심사위원_ 이문재·정끝별

시드볼트

오산하

1998년 경기 성남 출생
단국대 문예창작과 졸업
2022년 『한국일보 신춘문예』 시 부문당선

sanha903@hanmail.net

시드볼트

눈을 감았어 한 번도 가보지 못한 국가를 떠올리면서 습한 냄새를 맡으면서 안개 속으로 뛰어들면서 길거리의 새를 하나둘 세면서 걸어

눈이 마주쳐도 날아가지 않는 새 발로 바닥을 밟아도 도망가지 않는 새 까만 눈동자를 쳐다보다가 넘어졌어 까맣게 피멍이 들었다

하루가 지나서 생일 축하해 문자를 받고 시차가 생겼어 하루 늦게 생일을 맞이하면서 종말을 말하는 사람들과 선물 받은 오르골을 돌리면 모르는 노래가 나온다 노래는 언젠가 끝나겠지

전쟁과 전쟁이 끝나고 난 후 언제가 가장 끔찍할 거 같아

라는 노르웨이에 가고 싶대 거기에 자신을 묻을 거라고 했어 나는 Green Day의 Holiday를 들으면서 반역자! 반역자! 죽어버린 사람들의 피가 흘렀어 아 곧 종말이구나 그래서 라는 노르웨이에 가고 싶구나

두 개의 음 두 개의 박자 머리 위로 떨어지는 15층의 사람과 다리 밑으로 떨어지는 차 사람의 바싹 마른 피부와 솟구칠 힘도 없는 피 물 물 물 전쟁이 끝나지 않은 곳에 다 녹아버린 얼음의 흔적과 끈적한 더위가 있어

라는 붙잡아도 부서진다 길을 걷다가 쪼그려 앉아서 새를 가만히 쳐다봤어 새가 내 눈알을 파먹으려고 해도 가만히 있었어 계속 굴러가다가 영원히 남도록 그곳은 마치 도서관 같다

추워 라는 시드볼트로 들어가 문을 닫았어 이건 한 세기 전 살아있던 사람의 눈알이구나

계속 걸었어 뚝 뚝 흘리면서 걸었어 끊어진 다리 뒤집어진 배 치지 않는 파도 하늘에서 떨어진 새 검은 새 검은 눈동자 뽑힌 눈알 굴러가는 심장 굴러 떨어지는 법을 배운 나 깔깔 웃는다

"잠겨 있다고 믿었던 문을
어떻게든 열어보는 일"

어떻게 시작하고 끝맺어야 할지 모르는 날들이 많았습니다. 정말 이렇게 해도 되는 거야? 이렇게 써도 되는 거야? 스스로를 끝없이 의심하게 만드는 곳에서 작은 틈새를 찾아내는 일. 그 사이를 기어코 비집고 들어가려고 애써보는 일. 잠겨 있다고 믿었던 문을 어떻게든 열어보는 일. 작은 시작이 모이고 모여 큰 우리가 된다고 믿습니다.

저의 시를 읽어주는 사람들 사이에서 언제나 언어 하나를 던져주는 사람이 되고 싶습니다. 모두들 제가 건네는 처음을 꼭꼭 씹어 주기를, 출렁이고 경계를 지우고 명명하고 다시 경계를 지우며 건넨 이야기의 다음과 그 다음을 만들어주기를 바랍니다.

계속 시를 쓸 수 있게 지탱해준 모든 분들에게 고맙습니다. 모두의 이름을 말해야하나 고민했습니다만 이름 부르기에서 오는 감사함이 전해지기를 소망해봅니다. 언제나 함께 해준 희빈, 서정, 은비에게 함께 시를 써준 태의, 예진에게 함께 웃어주는 정음, 지현, 선영에게 여성의 목소리를 전하기 위해 오랜 기간 전시를 준비한 여:2단 친구들에게 주말을 함께한 세원에게 기쁨을 함께 나누는 현지와 나의 가장 오랜 친구 희연에게 고마움을 전합니다. 이 모든 '함께'가 오래도록 기억에 남습니다.

무엇보다 우리 김은희, 오인호에게 가장 큰 기쁨을 나눕니다. 저를 가르쳐주신 모든 선생님들이 있었기에 쓸 수 있었습니다. 이 수상소감을 전할 수 있게 해주신 송재학 선생님, 김소연 선생님, 김상혁 선생님 감사합니다.

오래도록 쓰는 사람이 되고 싶습니다. 나와 당신과 우리의 이야기를. 문장 하나하나를 새기며. 내달리는 멋진 호랑을, 존재하는 여성인 라의 이야기를 들어 봐주세요. 계속해서 이야기하겠습니다. 쓰겠습니다.

"시류에 민감하면서도 그 시류에
휩쓸리지 않는 개성을 보여주는 시"

본 심사평은 시의 어디어디가 부족하다는 식의 충고를 담고 있지 않다. 자기 작품에 관한 엄혹한 평가를 원하는 분도 있겠고, 적절한 지적은 실제로 창작과 퇴고에 도움이 된다. 다만 투고자에게 필요한 건 비판보다 응원이라고 믿는다. 계속 시를 써도 좋다, 이런 말을 누가 해주었으면 하고 바랐던 날이 내게도 있었다. 시가 나를 부른 적도 없고, 그래서 나 없이도 시가 행복하게 잘 사는 것 같아 싫고 무서웠다. 이번 심사평을 통해 당신들 없이는 우리 시가 별로 안녕하지 못하리라는 예견과 확신을 전하고 싶다.

'랠리'의 건조한 문체는 대상에 대한 무관심에서 비롯된 게 아니다. 한때 마음을 쏟았던 대상이 '나'로부터 문득 동떨어져 존재하게 되었기에, 그렇게 어쩔 수 없거나 어쩌지 못하는 거리감이 건조한 문장 사이사이로 유출된다. '날개 뒤에는 근육이 있습니다' 외 4편은 한마디로 거침없다. 하지만 거침없는 중에도 시의 언어는 산만하지 않다. 넘칠 듯 넘치지 않게 제어되는 정념이 놀라웠다. '베네수엘라'는 강렬한 도입부와 여운 깊은 결구로 독자를 매혹한다. 이 작가는 자기 세계를 어느 정도 구축한 듯하다. 작품이 조금만 더 쌓이면 그가 좋은 시를 쓴다는 사실에 누가 토를 달기는 어려울 것이다.

'이치카의 숲'은 앞으로도 손해를 볼지 모른다. 신인상 심사는 단정한 정념보다는 떠들썩한 감수성에 후한 점수를 줄 수밖에 없다. 하지만 등단이라는 문턱을 넘고 나면 이처럼 넉넉한 분량에 담긴 유려한 문장이 외면당하는 일은 없다. 지치지 않았으면 한다. '스로디카즈' 외 4편은 수많은 소년소녀가 등장하고, 위악적인 정황과 대화가 난무하며, 엄청나게 수다스럽다. 당연하게도 몇몇 기성 시인이 떠올랐으나 그럼에도 투고자의 연작은 여전히 새로웠다. 이 새롭고 좋은 작품을 다른 지면에서 곧 만나리라 본다.

'시드볼트' 외 4편은 비참한 죽음과 살아남음에 관한 이야기를 일관되게 풀어낸다. 아포칼립스를 예감하고 노르웨이 '시드볼트'로 들어가 문을 닫아버린 '라'와 종말에 남겨진(혹은 종말을 목도 중인) '나'는, 어느 쪽이 살아남았는지와 상관없이 비슷하게 비참할 뿐이다. 삶과 죽음을 공평하게 끔찍한 것으로 만드는 저 압도적 절망감은 때로 '산불'로, 때로는 '깨진 도자기'나 '폭풍우'로 형상화된다. 시인은 "간신히 우연으로 살아가는 사람들"('폭풍우')로서 분명히 어떤 현실의 환유일 비극적 사태를 생생히 기록한다. 비슷비슷한 분위기를 지닌 투고작이 많았음에도 오산하 씨의 활달한 리듬은 단연 돋보였다. 시류에 민감하면서도 그 시류에 휩쓸리지 않는 개성을 보여주기가 쉽지 않음을 알기에 더 믿음이 갔다. 심사위원단을 대신해 진심으로 축하드린다.

심사위원_ 송재학·김상혁·김소연

2022
신춘문예
당선시집

시조

■ 서울신문 | 시조

길고양이 삽화

배종도

경남 마산 출생
경희대학교, 경희대학교 대학원 졸업
2018년 월간문학 시조등단
2021년 모상철 시조문학상 수상
2022년 『서울신문 신춘문예』 시조 부문 당선
문인협회 회원 (사)한국시조협회 사무총장

bjdcs@hanmail.net

길고양이 삽화

서울역 앞 도로변에 고양이를 그렸습니다.
여기저기 깊은 상처 곤두세울 털도 없이
더께 껴
비루먹은 몸
박제되어 갑니다.

블랙홀 소용돌이 에돌아서 피했지만
오가는 자동차들 곡예 하듯 스쳐 가는
아찔한 순간, 순간은
숨이 턱턱 멈춥니다.

지상의 끝 간 데쯤 눈을 감고 웅크릴 때
심장에서 새는 피가 잔등 위에 그린 장미
그 꽃잎 바로 뒤편에
이정표가 있습니다.

경적의 여운들이 동동걸음 치는 곳에
왔다 가는 전조등이 어둠 몇 술 들어내고

눈을 뜬

개밥바라기

밝은 손을 내밉니다.

어머니, 이제 정말 효도한 것 같습니다

어렸을 때부터 문학에 대한 꿈을 갖고 그저 혼자 끼적여 본 글이 몇백 편. 재주가 둔재라 감히 남 앞에 내놓고 보일 만한 글이 못 되었습니다. 색다른 상황을 목격할 때마다 그것을 글로 표현하고자 깨끗한 백지에 그대로 옮기고 싶었지만 따라 주지 못한 필력(筆力) 때문에 늘 좌절하고, 밤을 하얗게 밝힌 날이 하루이틀이 아니었습니다.

한순간 절망의 벽이 다가오기도 하고, 그 벽을 뚫었을 때 벅차오르는 희열에 잠 못 이루다가 아침에 다시 깨어 보면 실망해 버리는 끝없는 자신과의 긴 사투는 감내하기에 참으로 버거웠습니다.

가끔은 후회를 곱씹고 살아왔습니다. 왜 내가 펜을 잡았을까, 훌훌 털고 돌아서면 얼마나 홀가분할까…. 하지만 복장 속 저 깊은 곳에서 뜨거운 열정이 솟구쳐 오르면서 다시 시조의 열병에 시달렸습니다.

이제 해거름을 바라보는 길목에서 신춘문예의 영광을 손에 쥡니다. 그러나 아직 '시인'이라 부르기엔 너무 과분

하다는 생각이 들어 부끄러울 뿐입니다. 그래도 언제 어디서나 '글을 쓰는 아들이 있다'고 자랑하시는 어머니께 이제는 정말로 효도를 한 것 같아 죄스러움을 조금은 덜어낸 것 아닌가 여겨질 땐 마음이 한결 가벼워집니다.

저의 졸작에 '월계관'을 씌워 주신 심사위원께 고개 숙여 감사드립니다. 늘 따뜻한 눈빛으로 제 작품에 애정을 부어 주신 윤금초 교수님께도 깊은 감사를 드립니다. 정년퇴직을 하고 글을 쓴다고 했을 때 제일 먼저 방 하나를 치워 주면서 마음껏 습작을 하도록 서재를 꾸며 준 아내에게도 이 자리를 빌려 고맙다는 말 전합니다.

마스크에 기댄 시절,
생존의 절대력을 보여 준 위로

현대 문학 층위에서, 개인은 신화를 넘어선다. 사랑이 혁명보다 위대하며, 저마다 살아 내는 오늘의 편린이 거대 이데아보다 크다. 평안한 삶의 가치가 어느 신념보다 높아졌으며 인간성이 선한 개인주의로 전향된 신세기 르네상스이다.

달라진 시대정신은 기성 문단에 자극을 주던 신춘문예마저 그 야성의 결기를 숨기게 만든 것 같다. 탁마된 필력들이되, 경계를 녹이며 이미지와 상징의 지형을 넓히는 섬세한 반란이 옅어졌다.

예술이든 일상이든 거리두기로 다들 여려진 도시에서, 유일한 마법은 고양이가 지닌 오묘함이다. 당선작이 된 '길고양이 삽화' 속 풍경은 날것의 힘이 깃든 존재를 다룬다. 교차성이라는 겹겹의 특질은, 그저 얇은 마스크에 기대어야 되는 시절, 생존의 절대력을 보여 줌으로써 위로 기제가 된다. 당선권에 오른 작품들은, 과거형이 아닌 물질화된 영원으로서의 전통을 탐람하는 '청자 도요지'와 현재 시점 인권처럼 요청되는 동물권 앞에서 공생의 혜안을 포착하는 '로제트 식물'이다. 편편마다 정근하게 축조된 내용을 갖추었다.

그러나 선경후정 작법 질서가 변주된 산문성은 친밀한 문체이되 시의 목적은 시여야 된다. 몰입과 여운의 강렬한 헤드라인이 제목이나 결구에 있어야 하며, 더할 것은 운율로 구현하는 형식 리듬과 시적 신비로움이다.

최소 어휘로 최대 시학을 이루는 시조의 텍스트성은 면밀하다. 다만 개성을 욕구하면서도 부드러운 연대감을 찾는 시대, 음풍농월과 애틋함만이 아닌 현대인의 감정선에 건넬 흡족함이 필요해졌다. 작가의 세계관은 입체적으로 진일보함이 옳다.

서정이라는 본령을 잊으면 문장은 계산된 기교에만 머무른다. 바람이듯 등 뒤를 지키며 그림자와 나란히 걸어 주는 문학적 다정함을 지니기를 바란다.

심사위원_ 이근배(시조시인)·한분순(시조시인)

허블 등대

박샘

19980년 『진중문예』로 등단.
2006년 『수주문학상』 수상, 계간 『시와미학』 평론 당선.
2022년 『조선일보 신춘문예』 시조 부문 당선

amsil@naver.com

허블 등대

날리는 모래들이 눈에 자꾸 끼어든다
빠지고 싶어 했던 깊이가 있었다고
열리면 바로 닫히는 문을 열고 또 연다

떴다가 감았다가 점멸하는 등대처럼
별이 든 눈에서는 깜박이면 반짝여서
출처를 밝힐 필요가 모래에겐 없었다

들 만한 깊이라면 찾기가 쉽지 않아
운석을 지나왔고 사막을 건넜으나
빠지면 나오지 않아 없다고도 할 수 있다

껐다가 다시 켜진 반복은 언제 쉬나
왔다 간 잠이 또 온 불면의 행성에서
모래는 침몰을 향해 국경선을 넘는다

'결말'에서 만난 '시작'이라는 반전

갈 데까지 가리라는 무모한 의욕에는 지도가 없었다. 길잡이가 없었고 목적지가 없었기에 너무 멀리 와버렸다. 동행이 없었고 미행도 없으므로 걸음대로 따랐고, 몰라도 도착했으며 쉽게 길을 잃을 수 있었다. 누구도 방향을 묻지 않았고 아무도 여기를 말해주지 않는 공간, 다만 끝이 없다는 말이 너무 길다는 것을 '여기'는 알려준다. 급기야 걸림돌을 고대했고 바리케이드를 요구했으나 기어이 부딪혔다 논리를 구성할 필요가 없고 타자를 통해야 할 요구도 없는 벽.

보쉬의 해머 드릴은 벽과의 전쟁을 선포했지만 문을 찾아야 한다는 합당한 여망에도 안내가 없고 열쇠가 없다. 문턱도 넘지 못한 노마디즘에게는 100년간의 잠이었을까. 잠만 자는 공주의 꿈속이었을까. 생시처럼 문 열리는 소리가 들렸던 건 결말에서 시작이라는 반전을 만난 것, 문을 열어주신 조선일보와 절룩거림을 읽어주신 심사위원께 감사의 말씀 올린다. 특히 외면과 거절의 장르가 치러야 했던 현실 비관적 시선에도, 유희적 표상들을 지키게 해준 아내 정인실씨께 고마움을 전한다.

발견에 입히는 사유와
이미지 조합이 정교

신춘의 설렘이 무색한 시절이다. 응모작들에서도 일상이 된 마스크 속의 고통과 고독이 많이 짚인다. 홀로, 따로, 안으로 침잠하며 감염병 시대를 건너가는 각자 도생의 초상이다. 그런 중에도 시조를 찾고 자신의 문법으로 벼려내려는 젊은 응모작들이 늘고 있어 격려와 위안을 같이 만났다.

올해는 들었다 내렸다 고심한 작품이 많았다. 그 중 마지막까지 겨룬 것은 '고양이와 시소 타기', '사다리와 벽', '잔가지를 자른 자리에 지저귐이 자랐다', '참새와 탱자나무', '허블 등대' 등이었다. '고양이와 시소 타기'는 감각적인 포착과 묘사가 신선했고, '사다리와 벽'은 사다리에 대한 독특한 접근과 해석이 시선을 끌었다. '잔가지를 자른 자리에 지저귐이 자랐다'는 발상의 참신한 발화가 돋보였고, '참새와 탱자나무'는 감각과 정감의 조화가 빛났지만, 함께 보낸 작품들의 편차나 낯익음이 보여 내렸다. 마지막 남은 '허블 등대'는 응모작 전반의 고른 수준과 6수(2편)에 밀도 있게 펼쳐내는 긴 호흡과 성찰이 남다른 역량으로 평가됐다.

   '허블 등대'는 발견에 입히는 사유와 이미지 조합이 정교하다. '빠지고 싶어 했던 깊이'는 다양한 변주로 사유를 촉발한다. '눈'과 '문'과 '등대'의 속성을 꿰면서 '들고 남', '오고 감', '있고 없음'의 경계를 되짚게 한다. 모래가 '침몰을 향해 국경선을 넘는다'는 문장도 '불면의 행성'이기에 가능한 월경(越境)이자 탐구이겠다. 이를 장(章)과 구(句)에 맞춤하게 앉히는 형식의 운용이 자연스럽다. 자칫 단조로울 수 있는 완결구조에 변화를 주는 도치의 활용도 능란하다.

   박샘씨의 당선을 축하한다. 더 새뜻한 문학적 발명과 도약을 바란다. 다른 응모자들도 여기서 또 나아가길 기대한다.

심사위원_ 정수자(시조시인)

시 : 윤혜지 이근석 남수우 변혜지 한준석
강우근 차원선 신이인
시조 : 이윤훈 정상미 황바울

시 : 백가경 채윤희 김보나 이선락
이신율리 고선경 오산하
시조 : 배종도 박샘

2021 2022
신춘문예 당선시집

초판 1쇄 인쇄 2023년 7월 25일
초판 1쇄 발행 2023년 8월 15일

지은이 윤혜지 외
펴낸이 김정동
편집 김승현
디자인 최진영
홍보 김혜자
마케팅 최관호

펴낸 곳 서교출판사
주소 서울시 마포구 성지길(합정동) 25-20 덕준빌딩 2F
전화 02 3142 1471(대)
팩스 02 6499 1471
이메일 seokyobook@gmail.com
블로그 http://blog.naver.com/seokyobooks
홈페이지 http://seokyobook.com
페이스북 @seokyobooks | **인스타그램** @seokyobooks
ISBN 978-89-85392-99-0 03810

문학마을은 독자 여러분의 투고를 기다리고 있습니다. 시, 소설, 에세이 등 관련원고가 있으신 분은
seokyobook@gmail.com으로 간략한 개요와 취지 등을 보내주세요. 출판의 길이 열립니다.